چنانچہ

(مزاحیہ مضامین کا مجموعہ)

از:

مسیح انجم

© Taemeer Publications
Chunancha *(Humorous Essays)*
by: Maseeh Anjum
Edition: January '2023
Publisher & Printer:
Taemeer Publications, Hyderabad.

ISBN 978-81-960541-7-5

کتاب	:	**چنانچہ**
مصنف	:	**مسیح انجم**
صنف	:	فکشن (طنز و مزاح)
ناشر	:	تعمیر پبلی کیشنز (حیدرآباد، انڈیا)
زیر اہتمام	:	تعمیر ویب ڈیولپمنٹ، حیدرآباد
تدوین / تہذیب	:	مکرم نیاز
سالِ اشاعت	:	۲۰۲۳ء
تعداد	:	(پرنٹ آن ڈیمانڈ)
طابع	:	تعمیر پبلی کیشنز، حیدرآباد – ۲۴
صفحات	:	۱۲۶
سرورق ڈیزائن	:	مکرم نیاز

ترتیب

میرے ہم وطن اور ہم مکتب ساتھی

ڈاکٹر عبد الرزاق کے نام

جنہوں نے

ملیریا پر تحقیق کر کے علمی حلقوں سے داد حاصل کی

اور مچھروں سے دائمی دشمنی مول لی

غنچے تیری زندگی پہ دل ہلتا ہے
بس ایک تبسم کے لیے کھلتا ہے
غنچے نے کہا کہ اس چمن میں بابا
یہ ایک تبسم بھی کسے ملتا ہے

(جوشؔ)

تعارف نُما

—— میں، مسیح انجم کو ان مزاح نگاروں میں شامل کرتا ہوں جو زندہ دلانِ حیدرآباد کی سرگرمیوں سے متاثر رہے اور ماہنامہ "شگوفہ" کے ذریعہ روشناس و مقبول ہوئے۔ ایسے نوجوان لکھنے والوں کی فہرست بہت طویل ہوسکتی ہے۔ لیکن بلاخوف تردید یہ کہا جاسکتا ہے کہ ان نئے لکھنے والوں میں مسیح انجم کو اوّلین حیثیت حاصل ہے۔ مزاح کے میدان میں مسیح انجم اپنے ساتھیوں میں آگے اور سب سے آگے ہیں۔

مسیح انجم نے دیہات کے ماحول میں آنکھیں کھولیں۔ شہر آئے بھی تو کونے کونے پھرتے رہے۔ لکھنے پڑھنے کا چسکہ لگا تو فکشن کی طرف توجہ کی۔ ابتدأ میں انھوں نے افسانے لکھے۔ جن میں سے دو ایک میں نے بھی پڑھے۔ ان افسانوں

میں کوئی چونکا دینے والی بات نہیں ملتی۔ اگر وہ افسانے ہی لکھتے رہتے تو ان رسالوں میں ضرور چھپتے جن کی فہرستوں میں شمولیت کے بعد بھی ان کے افسانوں کو غیر مطبوعہ سمجھا جا سکتا تھا۔ اور وہ یقیناً تھک ہار کر خاموش رہ جاتے۔ اس طرح ایک ادیب کی موت واقع ہو جاتی ــــــ لیکن مسیح انجم نے اپنی صلاحیتوں کو مزاح کی طرف مرکوز کر دیا۔ یہاں یہ بات قابل ذکر ہے کہ مسیح انجم کے مزاج میں بلا کی سنجیدگی ہے۔ چہل اور چلبلا پن نام کو نہیں۔ لیکن مزاج کے اس کھارے پن کے برخلاف ان کی تحریروں میں بے حد شگفتگی اور ظرافت ملے گی۔ جس طرح داڑھی کے پیچھے شریر (شیطان نہیں) دلیبانا چہرہ چھپا ہے، اسی طرح جب وہ لکھنے بیٹھتے ہیں تو کم گوئی کے پردے سے ظرافت اُبل پڑتی ہے۔ وہ ہر بات میں مزاح کا پہلو تلاش کر لیتے ہیں۔ اور پھر لطف یہ کہ اپنی تحریر کو لطیفوں، مسخرگی اور مبالغہ سے بوجھل نہیں کر دیتے۔ اس معاملے میں مسیح انجم کا مزاح "باکس آفس" پر نہ تو ناکام ہے اور نہ ضرورت سے زیادہ کامیاب۔ ان کی یہی خصوصیت انھیں مزاحیہ ادب میں مقام دلاتی ہے۔ عام پسند مزاح نگار کی تحریروں کا جائزہ لیجئے تو پتہ چلے گا کہ اس نے مبالغہ اور سوقیانہ انداز سے اپنی دکان سجائی ہے۔ لیکن مسیح انجم صرف منہ کا مزہ بدلنے کے لئے ان خصوصیات کو اپناتے ہیں۔ ورنہ وہ بڑے معتدل رویہ کے حامل ہیں۔ مبالغہ ان کے ہاں ضرور ہے۔ لیکن اس قدر نہیں کہ تحریروں کی تاثیر وقتی اور لمحاتی نوعیت حاصل کر لے۔ وہ بڑے مہذب انداز میں قاری کا دل جیت لیتے ہیں۔

مسیح انجم موضوعات کی تلاش میں نہیں رہتے۔ بلکہ اچانک کوئی موضوع

ان پر طاری ہو جاتا ہے اور وہ اسے شیشے میں اتار لیتے ہیں۔ مسیح انجم نے سنگلاخ زمینوں میں بھی مزاح کے بیج بوئے ہیں۔

مسیح انجم کی ترقی کا سب سے بڑا راز ان کا مطالعہ ہے، جستجو اور لگن ہے۔ انہوں نے مزاح کو خود پر طاری کر لیا ہے۔ دو ایک برس میں ہی وہ اس قابل ہو گئے کہ روزمرہ محاوروں سے کھیلیں اور ادبی چٹخاروں سے مزاح کا دامن بھر دیں۔ عام طور پر مزاح نگار میٹھی کھٹی گولیاں ایک ساتھ تجویز کرتے ہیں۔ لیکن مسیح انجم کے مزاح میں کڑواہٹ کا نام نہیں۔ ان کی تحریروں سے خالص ظریفانہ رنگ جھلکتا ہے۔ موضوع کے انتخاب اور اظہار کی خوبی و طرفگی نے اس رنگ کو اور نکھارا ہے۔

سید مصطفیٰ کمال

مدیر ماہنامہ "شگوفہ"

★ آج سے کوئی گیارہ سال پہلے کمال صاحب نے ان چند کلمات خیر سے خاکسار کی حوصلہ افزائی کی تھی۔ اگر آج ان کی رائے بدل گئی ہو تو اگلے ایڈیشن میں (جس کی کوئی امید نہیں) تردید شائع کر دی جائے گی (م۔ا)

پیش لفظ

جس دن میں نے اس کتاب کا پیش لفظ لکھنے کا ارادہ کیا، اتفاق سے اسی دن ہماری کرکٹ ٹیم نے انگلستان میں پروڈینشل ورلڈکپ کے فائنل میچ میں ویسٹ انڈیز جیسی طاقتور ٹیم کو ہرا کر ایک شاندار تاریخی کارنامہ انجام دیا تھا۔ میں نے جو وقت پیش لفظ کے لئے نکال رکھا تھا وہ سارے کا سارا ٹی۔ وی۔ پر میچ دیکھنے میں گزر گیا۔ چنانچہ "چنانچہ" کے پیش لفظ کے لئے نکالا ہوا وقت کرکٹ کی نذر ہوگیا۔ جس کے نتیجہ میں مجھے "فالوآن" کرنا پڑا۔ دوسری بار جب لکھنے کا ارادہ کیا تو شہر حیدرآباد میں زلزلے کا زبردست جھٹکا محسوس کیا گیا۔ میرے پیروں تلے تو زمین کھسکتی محسوس ہوئی۔ (ایسی ہی دو متضاد کیفیتوں کے درمیان طنز و مزاح پھلتا پھولتا ہے)، سوچا کہ پیش لفظ لکھنے کے خطرناک ارادے سے باز آجاؤں۔ لیکن اس کو کیا کیجیے کہ شکریہ کے بغیر کوئی کتاب منظر عام پر نہیں آسکتی

اور خاص طور پر اردو کی کتاب ! اردو کی کتابوں کے پیش لفظوں میں اتنے سارے "شکریئے" آجاتے ہیں کہ پیش لفظ پر "شکریہ نامہ" کا گمان ہونے لگتا ہے۔ حتیٰ کہ اہلیۂ محترمہ کا بھی شکریہ ادا کیا جانا ہے چاہے اہلیہ محترمہ جاہل مطلق ہی کیوں نہ ہو اس پیش لفظ کو بھی میری ایسی ہی مجبوریوں پر محمول کیجئے۔

"چنانچہ" میرے مزاحیہ مضامین کا تیسرا مجموعہ ہے جو کوئی چھ سال بعد منظر عام پر آرہا ہے۔ اس سے پہلے میری دو کتابیں "سائیڈ سے چلئے" اور "در پردہ" منظر عام پر آچکی ہیں۔ یہاں میں ہرگز یہ نہ کہوں گا کہ میری ان کتابوں کو قارئین نے ہاتھوں ہاتھ لیا تھا۔ البتہ اشارتاً (جس میں شرارت رمق برابر بھی شامل نہیں) اتنا ضرور کہوں گا کہ "در پردہ" جو ۱۹۷۶ء میں شائع ہوئی تھی، اب بازار میں دستیاب نہیں۔ یقین نہ آئے تو طلب کر کے آزمائیے گا۔ "سائیڈ سے چلئے" تو ۱۹۷۲ء میں شائع ہوئی تھی۔ اگر لکھنے کی یہی رفتار رہی تو قارئین چوتھے مجموعے کو "برداشت" کرنے سے محفوظ رہیں گے۔ میں لکھنے کے معاملے میں بڑے محتاط رویہ کا حامل ہوں۔ بالغ (ذہنی طور پر) ہونے کا نتیجہ یہی ہوتا ہے۔ ذہنی بلوغت سے میری مُراد یہ ہے کہ "A" (والے) سرٹیفکیٹ والی فلم دیکھنے کے بعد ناظرین جنسی ہیجان میں مُبتلا نہ ہوں بلکہ فنی رموز کی پیش کشی پر پروڈیوسر، ڈائریکٹر اور سنسر کی خوب پیٹھ ٹھوکیں۔ ہاں تو میں یہ کہنا چاہ رہا تھا کہ میں نے قلم عمر کی اس منزل میں سنبھالا جب ہوش کی باتیں کی جاتی ہیں۔ عمر کی اس پختہ منزل میں پہنچ کر لکھنے کا ایک فائدہ یہ ہوا کہ مجھ پر نیوز پرنٹ ضائع کرنے کا الزام نہ آسکا۔ "محتاط رویّہ" سے میری مُراد ہے، موضوع کا انتخاب اور اس سے انصاف۔ یہاں اس بات کی گنجائش نہیں کہ طنز و

مزاح کے بارے میں اپنے نظریہ کی وضاحت کروں۔ میں نے اپنی پہلی کتاب "سائیڈ سے چلئے" میں ساری تفصیل بیان کی ہے۔ میں راست طنز کا قائل نہیں۔ میں طنز و مزاح میں "میٹھی مار" کا قائل ہوں۔ میرے بعض مضامین میں دیہات کی فضا بھی آپ کو ملیگی۔ اپنی عمر کے ابتدائی بیس سال گاؤں میں گزارنے کا یہ نتیجہ ہے۔ اب ذرا سرِ ورق کی طرف بھی آیئے۔

اس کتاب کے سرِ ورق کو پاکستان کے ممتاز کارٹونسٹ عزیز صاحب نے بڑے خلوص سے بنایا ہے۔ آج سے کوئی ڈیڑھ سال پہلے وہ اپنے سابقہ وطن حیدرآباد دکن تشریف لائے تھے۔ انہوں نے نہ صرف میرے مضامین کی تعریف کی بلکہ یادگار کے طور پر صرف پندرہ منٹ میں سرورق کے لئے میرا اسکیچ بنایا۔ میں ان کی برق رفتاری کو بس دیکھتا ہی رہ گیا تھا۔ جب اسکیچ مکمل ہو چکا تو میں نے کہا "عزیز بھائی! یہ اسکیچ تو بہت سیریس (SERIOUS) ہو گیا ہے۔ کم از کم اس میں تھوڑی سی مسکراہٹ تو ڈال دیجئے!"

حسب عادت ایک زوردار قہقہہ لگاتے ہوئے فرمایا "نیئں رے! بخدا تُو ایسا ہے۔ اور اپنے آپ پر گیا ہے!"

آرٹ اور اسکیچ کے درمیان خُدا کو لاکر عزیز بھائی نے بحث کی کوئی گنجائش ہی نہیں رکھی تھی۔ چنانچہ بعد میں میں نے عزیز بھائی کی ہدایت کے مطابق حیدرآباد کے ممتاز آرٹسٹ جناب سعادت علی خاں (جو عزیز بھائی کے گہرے دوست بھی ہیں) سے رجوع کیا تو سعادت بھائی نے کلر اسکیم کا کمال دکھایا۔ دو ملاؤں کے بیچ میں مرغی کی جو حالت ہوتی ہے، وہ تو مجھے معلوم ہے۔ اب ان دو آرٹسٹوں کے

پیج اسکیچ کا کیا حال ہوا ہے، آرٹ کے نقاد جانیں۔ مجھے تو صرف عزیز بھائی اور سعادت بھائی کا شکریہ ادا کرنے سے کام ہے۔ میں ان دو حضرات کا تہہ دل سے ممنون ہوں۔

"چنانچہ" کی کتابت جناب محمود سلیم اور جناب محمد عبدالرؤف کے "زورِ خوشنویسی" کا نتیجہ ہے۔ جواں سال رؤف صاحب نے میرے ساتھ کچھ اس طرح تعاون کیا کہ کتابت اور وعدہ کی پابندی میں، وقت کو پیچھے چھوڑ دیا۔ میں اس پُرخلوص تعاون کے لئے ان کا شکر گزار ہوں۔ خدا اِس نوجوان کو تھوڑی سی گپ بازی کی بھی توفیق دے!

کتاب کو بڑی احتیاط کے ساتھ چھاپنے میں "ر^۲" (رے کی دوسری) نے کوئی کسر نہ چھوڑی۔ یہ حسابی اشارہ شائد آپ کی سمجھ میں نہ آئے۔ "ر^۲" سے میری مراد رؤف صاحب اور رشید صاحب ہیں جو دائرہ الکٹرک پریس کے سپید و سیاہ کے ذمہ دار ہیں۔ میں ان دو برادران کا بھی ممنون ہوں۔ اگر کتاب کی طباعت میں کہیں کہیں سقم رہ جائے تو اس کو لیتھو پرنٹنگ کا کرشمہ تصوّر کیجئے۔

اس کتاب کی اشاعت کے ہر مرحلے پر میرے عزیز دوست جناب مصطفیٰ کمال کا پُرخلوص تعاون اور مفید مشورے مجھے حاصل تھے۔ اس محبت کے لئے میں ان کا سراپا سپاس گزار ہوں۔

میری پہلی کتاب کے مقدمہ میں میرے پسندیدہ مزاح نگار مجتبیٰ حسین نے طنز و مزاح کے بارے میں یوں اظہارِ خیال کیا تھا کہ "مزاح نگاری ایک شریفانہ فعل ہے"۔ "چنانچہ" بھی اسی شرافت کو مزید آگے بڑھانے کے ثبوت کے طور پر پیش خدمت ہے!

خدارا اس سے یہ نتیجہ مت اخذ کیجیے کہ میں کوئی مصلح ہوں۔ بلکہ یہ دیکھیے کہ "چنانچہ" کی ہیش کشی میں ایک بدمعاش کس حد تک سدھر گیا ہے !؟

مسیح انجم

۳۱۔ بیچلرز کوارٹرس
معظم جاہی مارکٹ، حیدرآباد۔ ۱

دسترخوان کے شیر + شعر

آزادی کے بعد ملک میں ایک ایسی ہوا چلی کہ سماجی، ثقافتی اور تہذیبی قدریں بڑی تیزی سے بدل گئیں۔ روایات بدلے۔ لوگوں کے قول و فعل کا بھروسہ نہ رہا۔ نازنینوں کی زُلفیں چھوٹی ہوگئیں۔ نوجوانوں نے خط بڑھا لیے۔ کاکل بڑھے۔ زلفیں بڑھیں۔ گیسو بڑھے۔ مگر دل بہت تنگ ہو گئے۔ معدوں میں بَلا کی وسعت آگئی۔ نتیجتاً دسترخوان کے آداب و قواعد بُری طرح متاثر ہوئے۔ خاص طور پر نان ویجیٹرین دسترخوان بڑا متاثر ہوا۔ اگر آپ کو یقین نہ آئے تو مُرغِ مُسلّم و دو گوشتہ بریانی اور مکمل لوازمات پر مشتمل "چوکیوں والی" ایک ضیافت کا اہتمام کر کے خود ہی دیکھ لیجئے کہ ہمارے نوجوان، شیروں کی طرح اپنی ، اپنی

چوکیوں کے حدود میں کس طرح اودھم مچاتے ہیں؟ ابھی آپ اِدھر ہاتھ دھوکر چوکی کے پاس بیٹھنے بھی نہیں پاتے کہ اُدھر آپ کے حصّے کی لعمی دسترخوان کے شیر کا لقمہ بن جاتی ہے۔ اِدھر آپ تھوڑی سی رواداری برتنے میں مصروف ہوجاتے ہیں تو اُدھر آپ کے حصّے کا مُرغ آپ کو داغِ مفارقت دے جاتا ہے۔ آپ دسترخوان کے شیر پر دانت پیستے رہ جاتے ہیں۔ مگر وہ اپنی دانت ملانے میں مگن رہتا ہے۔ بھلا اب ان دسترخوان کے شیروں کو یہ کون سمجھائے کہ بھئی دسترخوان کے بھی کچھ آداب و قواعد ہوتے ہیں۔۔۔

آداب و قواعد کی بات تو دُور کی رہی۔ وہ تو دسترخوان پر پہنچنے سے پہلے مطلع کے طور پر ہاتھ دھو لینے کو بھی ایک جھنجھٹ تصوّر کرتے ہیں، بلکہ اکثر تو مقطع اور مطلع ایک ساتھ کہہ لینے کو ترجیح دیتے ہیں۔ بعض تو دور اندیشی کے تقاضے کے طور پر گھر پر ہی مطلع کہہ لیتے ہیں اور پھر دعوت میں تناول طعام کے لئے نکل پڑتے ہیں۔ انھیں اس بات کی قطعی پروا نہیں رہتی کہ راستے میں ان کا "مطلع" کتنا گرد آلود ہوگیا تھا ۔۔۔۔۔۔
آخر ماضی میں بھی تو دسترخوان کے شیر ہوا کرتے تھے لیکن ماضی، ماضی تھا اور حال!۔۔۔۔۔؟

ماضی میں دسترخوان "پہلے آپ" سے شروع ہوتا تھا۔ اب "پہلے میں" سے شروع ہوتا ہے اور اکثر "تو تو میں میں" بھی ہوجاتی ہے۔ ایسے موقع پر اگر میزبان ذرا اسمارٹ قسم کا ہو تو لوازمات میں گھونسوں کو بھی شامل کردیتا ہے مگر یہ یاد رکھئے کہ گھونسے کھانے والا دسترخوان کا شیر اگر دل جلا ہو تو یہی کہے گا کہ "بچپن میں میری ماں بھی مجھے اسی طرح مار کر کھانا کھلاتی تھی!"

لیکن ماضی میں اگر کوئی دسترخوان کا شیر ڈٹ کر کھانے اور اودھم مچانے پر تل جاتا تھا تو میزبان کی بھی رگِ حمیت پھڑک اٹھتی تھی اور وہ بھی کھلانے پر تل جاتا تھا۔ اس طرح ہر دو فریق "ہار" کو کرکٹ ٹسٹ میاچ کی طرح اپنے لیے ایک وقار کا مسئلہ بنا لیتے تھے یہاں تک کہ وہ دعوت "کھائیں تمام رات، کھلائیں تمام رات" میں تبدیل ہو جاتی تھی۔ بالآخر میزبان اسپورٹس مین اسپرٹ کا مظاہرہ کرتے ہوئے دسترخوان کے شیر کی پیٹھ تھپک کر یہ ڈکلیر کرتا:

"YOU ARE THE MAN OF THE MATCH!"

تب وہ دسترخوان کا شیر "MAN OF THE SERIES" کا ٹائٹل حاصل کرنے کے لیے سلسلہ وار کئی دعوتوں میں دسترخوان پر معرکے سر کرتا اور بکرے اور مرغوں کی "باقیات" کے ڈھیر دسترخوانوں پر لگا دیتا۔ اور کئی دن تک پیچش کے مرض میں مبتلا رہتا۔

لیکن اب جو دعوتیں دی جاتی ہیں، وہ لمیٹڈ اوورس (LIMITED OVERS) کی بنیاد پر دی جاتی ہیں۔ محدود مہمان اور لامحدود بن بلائے مہمان۔ محدود لوازمات اور محدود بوٹیاں۔ اور بعض وقت تو بریانی کی پلیٹ میں بوٹیوں کی مقدار اس حد تک کم کر دی جاتی ہے کہ وہ "تلاشِ گمشدہ" کا اشتہار بن جاتی ہیں اور بوٹی کو کھوجنے کے لیے ایک مہمان کو باضابطہ اعلان کرنا پڑتا ہے کہ "جو شخص بھی بوٹی کو تلاش کر کے لائے اُسے پچاس روپے نقد انعام۔" ایسے موقع پر میزبان سے گوشت کے بارے میں دریافت کرنا بالکل فضول ہے

وہ مہمانوں پر اپنی دھاک جمانے کے لیے یہی جواب دے گا کہ "ساری بوٹیاں گھل گئی ہیں کیونکہ گوشت جو منگایا گیا تھا وہ "بغیر ہڈی" کا تھا۔ اگر دعوت شیرمال اور قورمہ کی ہو تو دسترخوان پر کٹوروں میں شوربا ٹھاٹھیں مارتا دکھائی دے گا۔ اس وقت بوٹی کو تلاش کرنے کے لیے ایک مہمان کو باضابطہ لنگوٹ لگا کر، ناک پکڑ کر شوربے میں غوطہ لگانے کی نوبت آتی ہے۔ یوں بھی اب کس کے پاس اتنا فالتو پیسہ پڑا ہوا ہے کہ وہ "کھائیں تمام رات اور کھلائیں تمام رات" والی دعوت کا اہتمام کر کے اپنے لیے ایک وقار کا مسئلہ بنا لے۔

ہم نے مروت میں دسترخوان پر ڈٹ کر کھانے اور اودھم مچانے والے نوجوان کو شیر سے تشبیہ دی ہے اور یہ بات شیر کے لیے عین توہین کے مترادف ہے۔ اگر شیر کو اس بات کا پتہ چل جائے تو وہ ہمارے خلاف عدالت میں ازالۂ حیثیت عرفی کا دعویٰ دائر کر بیٹھے۔ کیوں کہ یہ تو آپ جانتے ہی ہیں کہ جب شیر کا پیٹ بھرا ہوا ہوتا ہے تو وہ کسی جانور کی طرف پلٹ کر بھی نہیں دیکھتا، بلکہ تصورِ جاناں اور "چھیڑ خوباں سے چلی جائے اسدؔ" میں مصروف رہتا ہے۔

لیکن جہاں تک دسترخوان کے شیروں کا تعلق ہے وہ بڑے بے حیا و بے شرم ہوتے ہیں۔ انھیں "ہوکا" نام کی ایک بیماری مستقل لگی رہتی ہے جو دعوتوں کے سیزن میں بساند چیزوں کو دیکھنے اور سونگھنے سے عود کر آتی ہے۔ جس کا خمیازہ ضیافت کرنے والوں کو بھگتنا پڑتا ہے اس کا واحد علاج اُبلے ہوئے موٹے چاول اور "کچا کھٹا" ہے۔ (مگر یہ

واضح رہے کہ "کچا کھٹا" کسی شاعر کا تخلص نہیں ہے) اس علاج سے اگر مرض میں افاقہ نہ ہوا تو ہمارا ذمہ۔ گاؤں کی ہوشیار ساس اپنے چٹورے داماد کو اسی علاج سے راہ راست پر لاتی ہے۔ طب کی اصطلاح میں اس علاج کو "گھریلو علاج" یا "علاج بالغذا" کہا جاتا ہے۔

اور جو لوگ دسترخوان کے شیروں کا علاج نہیں کر سکتے وہ انھیں "دسترخوان کے بلاوڑ" کہہ کر اپنے دل اور پیٹ کا غبار اتار لیتے ہیں۔ لفظ "بلاوڑ" میں بڑی بلاغت اور امیجری پوشیدہ ہے۔ "بلاوڑ" کہنے کے بعد ایک آدمی کو یہ اطمینان ہو جاتا ہے کہ واقعی اس نے بہت بڑی بات کہی ہے۔ اس کا صحیح لطف وہی شرفا اور دانشور اٹھا سکتے ہیں جو دسترخوان کے آداب و روایات کے چکر میں پڑ کر دسترخوان کے بلاوڑوں کے ہاتھوں بری طرح ہزیمت اٹھا کر دعوت سے خالی پیٹ گھر لوٹ چکے ہوں۔ اس وقت ان کو چھیڑنا گویا بارود کے گودام کو دیا سلائی بتانے کے مترادف ہے۔

دسترخوان کے شیروں کے تذکرے کے بعد یہ ضروری ہو گیا ہے کہ اُن اشعار کا بھی ذکر کیا جائے جو دسترخوانوں پر زیورِ طبع سے آراستہ ہوتے ہیں۔ اس قسم کے دسترخوان کو آپ "اردو دسترخوان" کہہ سکتے ہیں۔ لیکن آج کل یہ "اردو دسترخوان" اردو میڈیم کے مدارس کی طرح اِکا دکا ہی نظر آنے لگے ہیں کل ہم نے بہت کوشش کی کہ کہیں سے اشعار سے مزین دسترخوان حاصل کریں لیکن بڑی طرح ناکام رہے۔ ایک دوست نے مشورہ دیا کہ "تم پتھر گٹی جاؤ۔ وہاں بہت سی دکانیں ہیں۔ کسی ایک دکان پر جا کر دسترخوانوں سے مختلف شعر نوٹ کر لینا۔ اور اگر شعر والے دسترخوان نہ ملیں تو فکر کی ضرورت نہیں۔ وہاں کی ہوٹلوں میں بہت سے شاعر مل جائیں گے ان سے بلا معاوضہ شعر لکھوا لینا۔

مجھے یہ بات بڑی پسند آئی۔ میں پتھر گٹی گیا اور دکاندار سے پوچھا "جناب! کیا

آپ کے پاس اشعار والے دسترخوان ہیں ؟"

دکاندار نے دریافت کیا "گھر کے لیے یا جہیز میں دینے ؟"

میں کوئی جواب دیئے بغیر مسکرا کر رہ گیا اور مختلف دسترخوانوں کو اُلٹ پُلٹ کر دیکھتا رہا۔ بڑی مشکل سے ایک دسترخوان ہاتھ لگا۔لیکن اس پر اُردو کا جو شعر تھا، وہ بہت ہی دھندلا گیا تھا۔ میں نے دکاندار سے پوچھا "کیا آپ کے پاس اردو اشعار کے لیٹسٹ (LATEST) دسترخوان نہیں ہیں ؟"

وہ کاروباری انداز میں بولا "جناب! جب اردو کی کتابیں نہیں خریدی جاتیں تو پھر اردو کے دسترخوان کون چھپوائے گا؟ اب تو میں "انگلش میڈیم" کے دسترخوان چھپوا رہا ہوں۔"

یہ سنتے ہی میں دکان سے باہر نکل آیا۔

اتنے میں میری نظر ایک لیڈر پر پڑی۔ وہ اپنی کار میں کہیں جا رہے تھے۔انھیں دیکھتے ہی مجھے یاد آیا کہ ان کے پاس اردو کا ایک دسترخوان ہے۔جب بھی وہ، یہ دسترخوان بچھاتے ہیں تو سمجھ لینا چاہیے کہ الیکشن کے دن آ گئے ہیں۔وہ اردو کے ادیبوں اور شاعروں کو رِجھانا چاہتے ہیں تو ان کو اسی دسترخوان پر جمع کرتے ہیں۔ ایک بار انھوں نے لومڑی کی چال چلی اور اردو کی ترقی کے مسائل پر بحث کرنے کے لیے ادیبوں اور شاعروں کو ڈنر پر مدعو کیا۔ شعراء خوش ہوئے۔ ادیبوں نے بغلیں بجائیں۔ مقررہ وقت پر دسترخوان بچھایا گیا۔ بڑا شاعر، چھوٹا شاعر صرف شاعر، متشاعر، ادیب اور ادیب نما، سب دسترخوان پر بیٹھ گئے

کھانا چُننے جانے میں ابھی دیر تھی تو شعرائے کرام کلام دسترخوان سے دل بہلانے لگے کوئی دسترخوان کے کسی مصرعے پر گرہ لگانے لگا تو کوئی دسترخوان کی زمین میں شعر موزوں کرنے لگا۔ اتفاق سے اس دسترخوان پر فارسی کا یہ شعر چھپا ہوا تھا ؎

شکر بجا آر کہ مہمان تو
روزیٔ خود میخورد از خوانِ تو

ایک متشاعر نے روانی میں "شُکر بجا آر کہ" کو "شَکر بجا آر کہ" کچھ اس طرح پڑھا جس طرح اردو کے ایک ریسرچ اسکالر نے "ٹنٹ پُل" کے پاس "کلمیہ طبتیہ" کو "کلمۂ طیبہ" پڑھا تھا۔

لفظ "شکر" سنتے ہی دسترخوان پر اُونگھتے بیٹھے ہوئے نقّاد کے کان کھڑے ہو گئے۔ اس نے فوراً شاعر سے سوال کیا کہ "اس شعر میں "تو" ہونا چاہیئے یا "تُمت"؟"

شاعر بولا "توُ!"

نقّاد نے ڈانٹا "خبردار! زبان سنبھال کر بات کرو!"

شاعر نے گھبرا کر کہا "مجھے فارسی نہیں آتی!"

اس اطلاع پر نقّاد نے شکریہ ادا کیا اور پھر دسترخوان پر چھپے ہوئے ایک اردو شعر کی طرف اشارہ کرتے ہوئے کہا:

"تو پھر یہ شعر پڑھو!"

شاعر کی اَنا فوراً جاگ پڑی۔ وہ بولا "میں نہیں پڑھتا، آخر آپ کون ہوتے ہیں پڑھوانے والے؟"

نقّاد نے کسی قدر گمبھیر آواز میں کہا "نہیں! آپ کو پڑھنا ہی پڑے گا

میں نقاد ہوں۔"

یہ سنتے ہی شاعر کے ہوش اُڑ گئے۔ اس نے رُکتے رُکتے اور سنبھلتے سنبھلتے وہ شعر پڑھا ؎

عزیز اب ... فکر ... کیوں ہو مجھ کو ... مہمانوں کے کھانے کی
خدا نے .... رزق ... بھیجا ہے ... مجھے اور میرے ... مہمان کو

نقاد نے پوچھا " بتاؤ یہ شعر کس کا ہے ؟" شاعر نے جواب دیا " یہ شعر فکر تونسوی کا ہے !" نقاد نے کہا " فکر تونسوی کو شاعری چھوڑے کئی سال گزر گئے۔"

" تو پھر عزیز کا ہے !" شاعر نے کہا

نقاد نے نفی میں گردن ہلادی

" تو پھر مہمان کا ہے !" شاعر زچ ہو کر بولا۔

نقاد نے کہا " یہ بھی غلط۔"

بڑے غور و فکر کے بعد شاعر نے پورے اعتماد کے ساتھ کہا

" تو پھر خدا کا ہونا چاہیئے ۔"

نقاد نے سمجھایا " تخلص کو پہچاننے کا طریقہ یہ ہے کہ تخلص والے لفظ پر چمچے کی علامت (ـــــ) ہوتی ہے !"

شاعر نے دسترخوان پر چھپی ہوئی چمچے کی تصویر کی طرف اشارہ کرتے ہوئے کہا " علامت یہاں ہے اور شعر وہاں ہے وہ روایتی شاعری ہے اور یہ علامتی شاعری ــــ چمچہ ، پلیٹ ، کٹورا "

یہ سنتے ہی نقاد کو جلال آگیا ، اس کے مُنہ سے کف بہنے لگا۔ تمام شاعر اور ادیب اردو کی ترقی کے مسائل اور ڈنر کو بھول کر بحث میں اُلجھ گئے۔ ہاتھا پائی کی نوبت آنے کو تھی۔ اتنے میں ایک کہنہ مشق

شاعر نے آگے بڑھ کر کہا :

"آپ لوگ خواہ مخواہ آپس میں اُلجھ گئے ہیں جس شعر کو آپ لوگوں نے وقار کا مسئلہ بنالیا ہے، وہ "بحر" اور "بحث" سے خارج ہے !"

اس ہڑبونگ کا فائدہ اُٹھا کر عین اسی وقت لیڈر کے سکریٹری نے سارے ادیبوں اور شاعروں کو یہ کہتے ہوئے دستر خوان سے خارج کر دیا کہ اب آپ لوگ اپنے اپنے گھروں کو جا سکتے ہیں۔

بعد میں معلوم ہوا کہ وہ نقّاد کوئی "ایجنٹ" تھا، کونسا ایجنٹ تھا، خدا ہی جانے !؟

■■

بونتہ

بونتہ!

میرا بونتہ!!

ابّا جان کا بونتہ!

ہینڈسم ساڑی کا بونتہ!

بونتہ، بونتہ، ایک اور بونتہ!!!

میں بور ہے پر لیٹا مسلسل بڑبڑائے جا رہا تھا۔ میرے دانت بج رہے تھے۔ میرا جسم کپکپا رہا تھا۔ میری بیوی مجھ پر اُڑھانے کے لیے گھر کے سارے افراد کے بونتے اکٹھا کر رہی تھی۔ میرے دوست صمدانی قریب ہی کُرسی پر بیٹھے، آنکھیں بند کیے میری بڑبڑاہٹ سے کچھ اس طرح لطف اندوز ہو رہے تھے جیسے ٹیپ ریکارڈر سے مہدی حسن کی گائی ہوئی کوئی غزل سماعت فرما رہے ہوں۔ جب بیوی سارے بونتے اکٹھا کر چکی اور اُڑھانے کے لیے میری جانب بڑھی تو صمدانی نے فرائضِ زوجہ کے درمیان حائل ہوتے ہوئے کہا "بھابی! یہ آپ کیا کر رہی ہیں؟ انھیں

ڈسٹرب (DISTURB) مت کیجئے۔ ان پر شعر کا نزول ہو رہا ہے۔ اگر آپ بونتے اڑھائیں گی تو وہ جو "آمد" کی کیفیت ہے، ختم ہو جائے گی اور کل کے روز نقاد یہی کہیں گے کہ اس نظم میں "آمد" نہیں "آورد" ہے!"

بیوی نے ڈھیر سارے بُنتے اڑھاتے ہوئے کہا "میں اتنی بھی جاہل نہیں ہوں کہ شاعری اور بحرانی کیفیت میں تمیز کر سکوں! دراصل ان پر ملیریا کا شدید حملہ ہوا ہے اور کپکپی کی وجہ سے بونتے اڑھانے کے لیے کہہ رہے ہیں!"

صمدانی نے شرارتاً کہا "نہیں بھابی! ان پر ملیریا کا نہیں بلکہ جدید شاعری کا حملہ ہوا ہے۔ آپ سن رہی ہیں نا! وزن اور بحر کی پامالی اور لرزے کی کیفیت یہ سندیسہ دے رہی ہے کہ ان سے ضرور ایک "کھردری نظم" سرزد ہوگی۔!"

بیوی نے حیرت سے پوچھا "کیا شعر کہتے وقت شاعر کو اتنی تکلیف ہوتی ہے کہ اس پر کپکپی بھی طاری ہو جاتی ہے اور دانت بھی بجنے لگتے ہیں؟"

صمدانی نے سمجھایا "ہاں بھابی! اس سے کہیں زیادہ ہی۔ پابند شاعر تو اس قدر بدحواس ہو جاتا ہے کہ تخلیقی کرب کے تحت کبھی لیٹ جاتا ہے اور کبھی اُٹھ کر اِدھر اُدھر ٹہلنے لگتا ہے۔ البتہ صرف مینٹل ہاسپٹل نہیں لے جایا جاتا!"

بیوی نے بھولپن سے سوال کیا "کل تک تو یہ شاعر نہیں تھے۔ یہ ایک دن میں کایا پلٹ کیسے ہوگئی!؟"

صمدانی نے میرے خلاف ورغلانے کے لیے کہا "بھابی! کسی کا

کیا بھروسہ؟ انسان کو بگڑتے دیر نہیں لگتی۔ اور شاعری میں تو انسان بہت جلد بگڑ جاتا ہے۔ کل سے آپ دیکھیں گی، یہ مشاعرے پڑھنا شروع کردیں گے۔ ایک آدھ آل انڈیا مشاعرہ پڑھتے ہی اپنے آپ کو "قوم کی امانت" کہلوانا پسند کریں گے۔"

بیوی نے تشویش کا اظہار کرتے ہوئے کہا "آپ کا بھی جواب نہیں۔ آپ میری امانت قوم کو سونپ دے رہے ہیں۔ اگر واقعی "میری امانت" شاعری کے چکر میں پڑکر ہاتھ سے نکل جائے گی تو قوم انھیں کیا دے گی؟"

صمدانی نے برجستہ کہا "آپ بونٹ اُڑھا رہی ہیں اور قوم ایک شال کے وعدے پر ٹرخا دے گی۔"

میں جو بڑی دیر سے بخار کی بھٹی میں تپتے اور ڈھیر سارے بونٹوں کے نیچے کپکپاتے ہوئے دیور اور بھابی کے مکالمے سن رہا تھا ضبط نہ کرسکا کراہتے ہوئے بولا "صمدانی! میں تمہاری ساری باتیں سن رہا ہوں، تم میری بیوی کو میرے خلاف ورغلا رہے ہو اور میری بڑبڑاہٹ کو جدید شاعری سے تعبیر کر رہے ہو۔ کیا جدید شاعری بڑبڑاہٹ کا دوسرا نام ہے؟"

وہ بولے "بخار کی حالت میں تم نے جو کچھ "عرض کیا ہے" اس میں کم از کم ایک قسم کا ردھم اور بحر تو ہے، جدید شاعری میں یہ بھی نہیں۔ اگر ثبوت چاہتے ہو تو رسائل پیش کرسکتا ہوں۔"

میں نے زچ ہو کر کہا "تم ٹھہرے ہر لفظ کے معنی لغت میں دیکھنے والے۔ یہ جدید شاعری تمہاری سمجھ سے بالاتر ہے۔ اکیسویں

صدی کی نسل بڑی آسانی سے سمجھ لے گی۔"

صمدانی نے طنز کیا "یہ تو ٹھیک ہے لیکن اکیسویں صدی کی نسل کے لیے جدید شاعر کو بیسویں صدی کی اسٹیشنری (STATIONARY) اور نیوز پرنٹ ضائع کرنے کا کیا حق ہے؟"

میں نے کہا "یار! جب تک تم ابہام کو نہ سمجھ پاؤ گے، جدید شاعری تمہاری سمجھ میں نہ آئے گی۔ اگر میں معنیٰ پہنانے بیٹھوں تو بخار کی حالت میں میں نے جو کچھ "عرض کیا ہے" وہ بھی ایک نظم ہے اور "بونتہ" غریبی کی علامت ہے۔"

صمدانی نے قہقہہ بلند کرتے ہوئے کہا "تو پھر "رضائی" 'امیری' کی علامت ہوئی۔!"

میری زبان سے بے ساختہ نکلا "بہت خوب! مکرر ارشاد! تم روزانہ اسی طرح زانوئے ادب تہہ کرنے لگو گے تو دو چار دنوں میں جدید شاعری کو پوری طرح سمجھ پاؤ گے۔ فی الحال مجھ پر یہ کرم کرو کہ کسی میڈیکل شاپ سے ملیریا کے ٹیبلیٹس (TABLETS) لادو۔"

صمدانی دوا لانے کے لیے چلے گئے۔ مجھ پر پھر کپکپی طاری ہوگئی اور میں پھر بڑبڑانے لگا:

"بونتہ! بونتہ اڑھاؤ بونتہ!"

غالباً آپ نے بونتہ ضرور دیکھا ہوگا۔ نہیں دیکھا ہے تو جانے دیجئے۔ شاید آپ کا تعلق 'رضائی' یا 'لحاف' سے ہے۔ خیر ہم بتائے دیتے ہیں۔

ساڑھا جب وظیفۂ حسنِ خدمت پر علاوہ کر دی جاتی ہے تو گھر خواتین اسے بونتہ کا روپ دے دیتی ہیں۔ بس یوں سمجھئے کہ پچپن سالہ مدت ملازمت کو بڑھا کر اٹھاون سالہ کر دیا گیا ہو لیکن اس کے لیے ساڑی پُر زور مطالبہ نہیں کرتی! ——— بونتہ کیا ہے؟ ——— اچھے خاصے پیاچ ورک (PATCH WORK) کا نام بونتہ ہے! اس کی تیاری میں گھر کے سارے افراد کے پُرانے کپڑے استعمال میں لائے جاتے ہیں۔ مُنّا کی چڈی مُنّی کی فراک، والد کی لنگی، بہن کا جمپر، بیٹے کا پاجامہ، بھائی کا بشرٹ بھابی کا پیٹی کوٹ اور شیر خوار کی پھالیاں۔ جب یہ ساری فہرست سلیقہ سے ترتیب دی جاتی ہے تو اس پر ساڑی کو اُڑھا کر بونتہ سی لیا جاتا ہے یہ بونتہ کہاں ہوا؟ یہ تو ایک ایسا ناول ہوا جس پہ ایک خوب صورت ٹائٹل کور (TITLE COVER) چڑھا دیا گیا ہو۔ یوں بھی بونتہ ایک ایسے ناول کے مماثل ہوتا ہے جس کے محاسن بھی ہوں اور معائب بھی۔ اس بونتے کا ہر پیاچ (PATCH) ناول کا ایک مکمل کردار ہوتا ہے اور ہر کردار کی ایک جیتی جاگتی کہانی بونتے میں سانس لیتی رہتی ہے مگر سوشیل ریفارمرس (SOCIAL REFORMERS) کو اتنی توفیق کہاں کہ وہ اس ناول کو پڑھیں اور سمجھیں۔

صوتی اعتبار سے "بونتہ" کانوں کو بھلا نہیں لگتا۔ یہ لفظ سنتے ہی آپ کو یوں محسوس ہوگا جیسے کسی نے آپ کے کانوں کے قریب تاشے کو زور سے بجا کر آپ کی قوتِ سماعت کو چیلنج کیا ہو۔ دیکھنے میں بھی 'بونتہ' بڑے واہیات قسم کا لگتا ہے۔ 'بونتہ' بولتے ہوئے شرم کا احساس

دامن گیر رہتا ہے۔ غریبی ہے ہی کچھ ایسی چیز! مگر جناب! بونتہ بڑے کام کی چیز ہے۔ پتھر پر پٹکئے، پھٹے گا نہیں، دھوپ میں سکھایئے اس کا رنگ اور نکھر آئے گا۔ پانی میں بھگویئے وہ 'ہیوی ویٹ چمپین' بن جائے گا۔ بونتے کو دیکھتے ہی دھوبی کا دم نکل جاتا ہے وہ ہاتھ جوڑ کر یہی کہے گا "میں تو باز آیا بونتہ دھونے سے!" جب بونتہ ایسا ہو تو اندازہ لگایئے کہ بونتے کے پروردہ کتنے جفاکش اور محنتی نہ ہوتے ہوں گے!

جہاں تک رضائی کا تعلق ہے، وہ بالکل چھوٹی موٹی قسم کی ہوتی ہے پانی میں بھگویئے، بھیگ کر گولہ بن جائے گی۔ دھوپ میں سکھایئے، اس کا کلر (COLOUR) فیڈ (FADE) ہو جائے گا۔ مختصر یہ کہ رضائی کو سینت سینت کر رکھنا پڑتا ہے

ہمارے ملک میں شمال والے "بونتہ" کو "گدڑی" کہتے ہیں اور آندھرا کے علاقے والے "بونتہ"۔ نام بدلنے سے غریبی نہیں بدلتی۔ اے غریبی تیرے کئی نام!

ایک زمانے سے "بونتہ" میرے ذہن میں کلبلا رہا تھا۔ معاف کیجئے! غلط بیانی سے کام لیا۔ بچپن ہی سے 'بونتہ' میرے تحت الشعور میں چھپا بیٹھا تھا۔ میں نے بونتے پر آنکھیں کھولیں۔ ہوش سنبھالا تبھی تو بونتہ برابر میرے ساتھ تھا۔ بونتہ بچھاؤ، بونتہ اوڑھو۔ گھر میں بونتہ۔ باہر بونتہ حد ہوگئی اسکول میں بھی بونتہ۔ مجھے وہ انگلش کے ٹیچر اکثر یاد آتے ہیں۔ جو اردو زبان میں انگریزی پڑھایا کرتے تھے اور لڑکوں کو مارنے کے لیے بہانے کے متلاشی رہتے تھے۔ ایک دن نہ جانے ان کے جی میں کیا

آئی کہ اچانک ہم سے اینگلو اردو (ANGLO-URDU) میں سوال کیا "بتاؤ YESTER DAY کسے کہتے ہیں؟"

ہم نے سہل ممتنع میں جواب دیا "میں کل نہیں آیا تھا!"

تو YESTER DAY کے معنی ــــ میں کل نہیں آیا تھا؟" ٹیچر نے "تھا" پر بہت زور دیتے ہوئے پوچھا۔ ہم نے ڈرتے ڈرتے وضاحت کی:

"سر! حقیقت میں میں کل نہیں آیا تھا۔"

غصّہ سے پوچھا "کیوں نہیں آئے تھے؟"

"سر! کل بارش ہوئی تھی!" ہم نے قدرت کا سہارا لیا۔

انھوں نے مادّی جواز پیش کیا "چھتری لگا کر آنا تھا!"

"سر! چھتری نہیں ہے!"

"تو کمبل اوڑھ کر آنا تھا!"

"کمبل بھی نہیں ہے!"

پیٹھ پر ایک زبردست گھونسہ جڑتے ہوئے فرمایا "ارے کمبخت! تو پھر بونتہ اوڑھ کر آنا تھا!"

اس حادثہ کے بعد تو مجھے بونتے سے ایک چڑ سی پیدا ہوگئی چنانچہ میں نے اسی روز اپنی ماں سے شکایت کی کہ "ماں! مجھ سے یہ بونتہ سہا نہیں جاتا۔ آخر یہ بونتہ کب تک؟ مجھے تو رضائی چاہیئے رضائی!"

وہ اُداس ہوکر بولی "بیٹا! میں کب بونتے کو پسند کرتی ہوں؟ میں تو شادی کے وقت اپنے ساتھ رضائی لائی تھی لیکن بونتہ میرا مقدّر بنا دیا گیا۔ اب تو میرے پاس بونتے کا ڈپلوما (DIPLOMA) ہے۔ صرف

یں ہی کیا، بھارت کی ہر عورت شادی کے وقت اپنے ساتھ رضائی لاتی ہے لیکن مرد اُسے بونتے کی اہل بنا کر رکھ دیتے ہیں!" ___ اور پھر ماں نے بونتے کے سلسلۂ حسب و نسب کو خاندان در خاندان اور نسل در نسل گزارتے ہوئے بالآخر دجّال سے ملا دیا۔ اور بولی "عنقریب دجّال بونتہ اوڑھ کر آنے والا ہے۔ وہ ابھی بونتہ سی رہا ہے جیسے ہی وہ بونتہ سی لے گا، نمودار ہوگا۔ پھر دجّال کا فتنہ اُٹھ کھڑا ہوگا۔ خدا نہ دکھائے دجّال کے فتنہ کو" ___ اور پھر ماں دجّال کے فتنے کو دیکھے بغیر "بونتہ" ہمارے حوالے کر گئی کہ سنبھالو، یہ پرکھوں کی امانت!

اس طرح یہ "بونتہ" نئی نسل میں منتقل کر دیا گیا! ___ اور ایک دن ہماری شادی ہوگئی۔ شادی کی پہلی شب ہم نے دُلہن سے پوچھا "آپ کی کوالیفکیشن (QUALIFICATION) کیا ہے؟

اس نے جواب دیا "یہ آپ کیا پوچھ رہے ہیں؟ ماں سے بولوں گی۔"

"ارے بھئی! میرا مطلب ہے۔ آپ کہاں تک پڑھی ہیں؟"

وہ بولی "مجھے سینا پرُونا آتا ہے اور میں بونتہ سینا جانتی ہوں بونتہ سیوں گی۔ بونتہ اوڑھاؤں گی۔!"

اس قسم کی کوالیفکیشن رکھنے والی لڑکیوں کی ہمارے ملک میں کوئی کمی نہیں۔ لیکن یہ لڑکیاں خلیجی راستوں کو برآمد کر دی جاتی ہیں۔ وہاں ان کی بڑی مانگ ہے اور یہاں جہیز اور گھوڑے جوڑے کی رقم کی مانگ ہے۔

جب بھی ہم ایک ہی خاندان کے سارے افراد کو بونتے اوڑھے

سوتے ہوئے دیکھتا ہوں تو بڑی الجھن کا شکار ہو جاتا ہوں۔ میں اس رات کو کبھی نہیں بھول سکتا جو میرے لیے حماقتوں کا ایک طوفان اپنے ساتھ لائی تھی۔ ہماری شادی کو ہوئے چند ہی دن گزرے تھے۔ غالباً دوسری یا تیسری جمعگی تھی۔ ہم سسرال میں موج منا رہے تھے۔ ایک دن "بوننہ" کے مسئلہ پر بیوی سے تھوڑی سی ناچاقی ہو گئی اور یہ بات سسرال والوں کو بڑا ناگوار گزری۔ سسرال کے سارے افراد ہم سے ناراض ہو گئے۔ اس رات بیوی نے یہی مناسب سمجھا کہ ہم ہجر کی کیفیت سے گزریں اور تارے گنیں۔

جب رات کے بارہ بج چکے تو ہماری پلنگ کے قریب بلی کی آواز سنائی دی۔ رات کے وقت بلی کی آواز ہماری کمزوری رہی ہے۔ ہم نے سوچا کہ بلی سے ڈرتے ڈرتے صبح کرنے کے بجائے خوشامد کر کے بیوی کو منا لینا چاہیئے۔ ہم ہمت کر کے دبے پاؤں دالان میں پہنچے۔ دیکھتے کیا ہیں کہ وہاں کا نقشہ ہی کچھ بدلا ہوا ہے۔ گھر کے سارے افراد بوننے اوڑھے سو رہے تھے۔ ہمیں یوں لگا جیسے سارے افراد رنگ برنگی ساڑیاں اوڑھے سو رہے ہیں۔ ہم ایک عجیب طرح کی ذہنی کش مکش میں مبتلا ہو گئے۔ ہمیں اپنی بیوی کا پتہ لگانا مشکل ہو گیا تھا۔ ہم میں اتنی قوت شامہ تو تھی نہیں کہ سی۔ آئی۔ ڈی کے تربیت یافتہ بلڈاگ کی طرح بو سونگھ سونگھ کر یہ پتہ لگاتے کہ کس بوننے کے نیچے ہماری نصف بہتر محو خواب ہے۔ کھٹمل یا مچھر بن کر جگانے سے تو رہے۔ بالآخر اٹکل کو اپنا قطب نما بنایا اور ایک گٹھڑی نما چیز کو آہستہ سے ہلا کر کہا:

"اجی اٹھو!"
گٹھڑی میں ہلکی سی جنبش ہوئی اور ایک دھیمی آواز سنائی دی" کون؟"
لہجہ پر پہچان گئے کہ وہ ہماری نصف بہتر نہیں بلکہ ان کی والدہ محترمہ ہیں۔ چنانچہ منمناتے ہوئے جواب دیا۔" م مم میں! یعنی کہ آپ کا غلام جسے دامادی کا شرف بخشا گیا ہے۔"
وہ کسی قدر تیز لہجہ میں بولیں "اتنی رات گئے کیا کام؟"
ہم نے فدویانہ لہجے میں جواب دیا" قدم بوسی کے لیے حاضر ہوا تھا۔ کل کی رنجش کی معافی چاہتا ہوں۔"
انھوں نے مربیانہ لہجہ میں جواب دیا" صبح میں بھی تو حاضر ہو سکتے تھے"
ہم نے تڑ سے وہ شعر پڑھ دیا جو زمانۂ طالب علمی میں بغیر سوچے سمجھے ہی بیت بازی کے مقابلوں میں اکثر سنایا کرتے تھے ؂

کیا بھروسہ ہے زندگانی کا
آدمی بلبلہ ہے پانی کا

شعر سنتے ہی " مکرر ارشاد" کی بجائے " اچھا جاؤ معاف کیا!" کے جواب سے ہمیں سرفراز فرمایئں۔
بونتہ میں اکیلا ہی نہیں اوڑھتا۔ بھارت کی نوّے فیصد آبادی بونتہ اوڑھتی ہے۔ گاؤں گاؤں، شہر شہر، قریہ قریہ، بونتے کی فراوانی ہے اور ہر فرد کے ساتھ تخلص کی طرح بونتہ لگا ہوا ہے۔ بونتہ بھومیا، بونتہ برہان الدین، بونتہ رام ریڈی، بونتہ کرشنا چاری، بونتہ ملما، بونتہ عرشیہ بیگم۔ چنانچہ الیکشن کے زمانے میں ہمارے لیڈر اسی بونتہ کو بنیاد بنا کر

ووٹ مانگنے کے لیے آتے ہیں ۔ بعض لیڈر تو بونتے کو کچھ اس طرح اوڑھ لیتے ہیں کہ اُن کی صورت تک دکھائی نہیں دیتی اور وہ مجسم بونتہ بن جاتے ہیں۔ میں اس قسم کے لیڈروں کو جب دیکھتا ہوں تو گھبرا جاتا ہوں کیونکہ اس بونتہ کے اندر دجّال چھپا ہوتا ہے۔ لیکن عوام اس کو پہچان نہیں پاتے لہذا وہ اس کا ساتھ دیتے ہیں۔ دجّال کا فتنہ اٹھ کھڑا ہوتا ہے ۔ جلوس نکلتے ہیں۔ نعرہ بازی شروع ہوجاتی ہے ۔

جیتے گا بھئی جیتے گا بونتے والا جیتے گا

اور پھر دجّال الیکشن جیت جاتا ہے ۔ جیسے ہی وہ اقتدار پر آجاتا ہے فوراً بونتہ کو جھٹک دیتا ہے اور رضائی اوڑھ لیتا ہے۔ تب وہ بونتہ ــــ ستیہ نارائینا کی بجائے بی۔ ستیہ نارائینا کی نیم پلیٹ (NAME PLATE) لگاتا ہے ۔ اب اس کو عوام سے کئے ہوئے وعدے یاد نہیں رہتے۔ وعدے تو خیر دور کی بات ہوئی ۔ عوام کی سیدھی سادی زبان اس کی سمجھ میں نہیں آتی۔ یہاں تک کہ وہ خود اپنی مادری زبان بھول جاتا ہے اور اقتدار کی زبان میں بات کرنے لگتا ہے ۔ یہیں سے ترسیل کا المیہ شروع ہوجاتا ہے۔ عوام اپنی مادری زبان اور سیدھی سادی اُردو زبان میں اپنا حق مانگتے ہیں ــــ ع "روٹی، کپڑا اور مکان"

وہ اقتدار کی زبان میں جواب دیتا ہے ــــ

ع "اپڑی تپڑی، پوتی کا پان

یہ زبان عوام کی سمجھ میں نہیں آتی ۔ تب صحافت اپنی ذمہ داری کو محسوس کرتے ہوئے یہ گرہ لگاتی ہے ۔

ع پکڑو اپنے لیڈر کے کان

اس طرح اصنافِ سخن میں تین مصرعوں والی نظم "تینپائی" کا اضافہ ہوجاتا ہے۔

روٹی کپڑا اور مکان
اڑی تیڑی پوتی کاپان
پکڑو اپنے لیڈر کے کان

عوام اس "تپائی" کو اپنا نعرہ بناکر لیڈر کی طرف لپکتے ہیں جس کے نتیجہ میں مڈٹرم الیکشن (MID-TERM ELECTIONS) کی نوبت آجاتی ہے۔ تب کہیں جاکر وہ لیڈر بونتے والوں کی صف میں آ کھڑا ہوتا ہے اور پھر "بونتہ" کا احیا عمل میں آتا ہے۔ اس وقت تک لیڈر کی سوجھ بوجھ کافی اچھی ہوجاتی ہے۔ ایسے موقع پر اگر کوئی پریس رپورٹر اس سے پوچھے کہ "بتلائیے! اس دنیا میں عارضی کیا ہے؟

لیڈر کا جواب ہوگا — "رضائی!"

اور PERMANENT ؟"

وہ بولے گا "بونتہ"

لہٰذا ——

بونتہ زندہ باد!
بونتہ پائندہ باد!

(دفتر ماہنامہ "شگوفہ" پر منعقدہ خیر مقدمی تقریب میں یہ خاکہ پڑھا گیا)

عزیز کارٹونسٹ

آپ سے ملئے! آپ ہیں عزیز کارٹونسٹ! جس کسی کو تکلف عزیز ہو اور جو اپنے آپ کو سینت سینت کر رکھنے کے عادی ہوں، وہ عزیز صاحب سے ہرگز نہ ملیں۔ خبردار! ہوشیار! پھر نہ کہنا ہمیں خبر نہ ہوئی

دو دن پہلے تک وہ میرے لیے عزیز صاحب تھے لیکن اب وہ میرے لیے عزیز بھائی ہیں۔ اور میں ان کے لیے "ارے مسیح! ارے مسخرے! ارے داڑھیال! ...... ! ان سے آگے اور بھی وغیرہ وغیرہ" قسم کے خطابات ہیں۔ لیکن ان کے اظہار کی ہمارا لٹریچر اجازت نہیں دیتا۔ یوں بھی ہمارا لٹریچر اتنا دم دار کہاں کہ وہ نحوس کے خطابات کا متحمل ہو سکے۔ وہ تو صرف جنج حرفی سرکاری خطابات کا متحمل ہے۔

عزیز بھائی واقعی اسم با مسمیٰ ہیں۔ وہ بہت بڑے کارٹونسٹ ہیں لیکن دیکھنے میں وہ کارٹون نہیں دکھائی دیتے۔ ان سے پہلی ملاقات فائن آرٹس اکیڈمی کے کمرے پر ہوئی۔ وہ بجلے سے سر اٹھا رہے تھے کہ میں

(شیطان) وہاں پہنچا۔ ان کے چہرے پر ایک عجیب قسم کی معصومیت تھی جو شیطان کے تائب ہونے پر نظر آتی ہے۔ نماز ختم کی، دعا کے لیے ہاتھ اٹھائے۔ کچھ وظیفہ بھی پڑھا۔ دو چار پھونکیں بھی ماریں اور پھر اٹھ کھڑے ہوئے۔ سر سے جونہی دوپلی ہٹائی، میری آنکھیں چندھیا گئیں اور میر حسن کی مثنوی "سحر البیان" کا یہ مصرعہ بے اختیار یاد آگیا ؎ کہ ہے "چاندنی ہر طرف غش پڑی!"

کچھ اس بے تکلفی سے ملے کہ بس مزا آگیا۔ تکلفات کے سارے پردے چاک کر دیئے۔ صرف چٹاخ سے ایک بوسہ لینا باقی رہ گیا تھا۔ عشرت بھائی کے قول پر ایمان لانا ہی پڑا کہ "شیطان نمازی ہو گیا ہے!" یقین نہ آئے تو میں عزیز بھائی کی پیشانی IDENTITY CARD کے طور پر پیش کر سکتا ہوں۔

تعارف کے بعد یقین ہی نہ آیا کہ وہ بہت بڑے آرٹسٹ ہیں۔ ان سے مل کر خوشی تو ضرور ہوئی لیکن حلیہ دیکھ کر بڑی مایوسی ہوئی۔ آخر کچھ تو اپنا حلیہ آرٹسٹوں کا سا بنا لیا ہوتا۔ کم از کم بال ہی بڑھا لیے ہوتے یہ بھی نہ ہو سکا تو داڑھی ہی بڑھا لی ہوتی، ناخن ہی بڑھا لیے ہوتے۔ اگر یہ سب لغویات سمجھتے ہوں تو کم از کم لباس ہی کچھ اس قسم کا زیب تن کیا ہوتا کہ جس سے "بو کرڈ" کی سی بُو آئے اور دور ہی سے لوگ بُو سونگھ کر کہہ اٹھیں کہ "آرٹ کا جھونکا تو دیکھ لیا۔ اب آرٹسٹ کو دیکھنے کی کیا ضرورت ہے؟" ابھی عزیز بھائی میں اتنی بے خودی نہیں آئی کہ خود فراموشی کو اپنے اوپر لادلیں اور ننگے پیر نکل پڑیں۔ وہ اتنے باطہارت اور باوضو رہتے ہیں کہ آرٹ کے توسط سے آرٹسٹ سے ملنے والے مداحوں کو مایوسی نہیں ہوتی۔ بلکہ ان سے ملنے کے بعد مداح یہی کہے گا:

" ایک بار دیکھا، دوسری بار دیکھنے کی ہوس ہے "

عزیز بھائی کا مقصدِ حیات وہی ہے جو 'اٹلانٹک چارٹر' میں درج ہے۔

وہ ہمیشہ ورلڈ پیس (WORLD PEACE) کی باتیں کرتے رہتے ہیں انہیں بڑی آسانی سے "ادارہ اقوام متحدہ" کا معزز رکن نامزد کیا جاسکتا ہے۔ ویسے وہ اپنی ذات میں خود ادارہ اقوام متحدہ ہی ہیں۔ ان میں وہ ساری خامیاں اور خوبیاں ہیں جو "ادارہ اقوام متحدہ" کی جزلاینفک سمجھی جاتی ہیں۔

وہ کوئی ۳۳ برس کے بعد کراچی سے حیدرآباد دکن آئے ہیں۔ کون کہہ سکتا ہے کہ وہ اب حیدرآبادی نہیں رہے؟ وہی وضع قطع، وہی چال ڈھال وہی شیروانی، وہی ڈھیلا پاجامہ۔ وہی قدیم ہیرکٹ اسٹائل، وہی بول چال وہی لب و لہجہ، نہ تصنع نہ بناوٹ ـــــ ارے نکورے! ارے مارتوں رے! ارے کاں مرگیا تھا رے، وغیرہ وغیرہ۔ اب بھی وہ پکے حیدرآبادی ہیں اور اتنے پکے کہ ۳۳ برس کا طویل عرصہ گزرنے کے باوجود بھی وہ یہاں کی ریاستی سرکاری زبان تلگو، اردو والوں سے زیادہ اچھی بول لیتے ہیں۔ یہ الگ بات ہے کہ تذکیر و تانیث میں گڑبڑ کر کے لوگوں کی جنس بدل دیتے ہیں۔ ان کو اتنی رعایت ملنی ہی چاہیئے۔ وہ اس لیے کہ جب یہاں کے لوگ بیرونِ ملک جاکر اپنے وطن کو بھول جاتے ہوں، مادری زبان بھول جاتے ہوں، حتیٰ کہ ماں کو تک بھول جاتے ہوں تو SECOND LANGUAGE میں تذکیر و تانیث کی غلطی کرنا اتنا اہم نہیں جبکہ خود اہلِ زبان سرکاری زبان میں بے شمار اِملا کی غلطیاں کر جاتے ہیں۔

مجھے عزیز بھائی کی "تلگو دانی" پر حیرت ہوتی ہے۔ اگر اتنی ہی تلگو

اردو والے اور اتنی ہی اردو، تلگو والے سیکھ جائیں تو لٹریچر نہ سہی، کم از کم ایک دوسرے کی گالیاں تو سمجھ پائیں گے۔ خیر یہ تو ایک پیراگراف معترضہ تھا۔ میں عزیز بھائی کے "پکے حیدرآبادی" ہونے کا ذکر کر رہا تھا۔ بلاشبہ ان کی ذات میں ایک خالص حیدرآبادی چھپا ہوا ہے۔ حیرت کا مقام تو یہ ہے کہ حیدرآباد والے بدل گئے۔ لیکن وہ نہیں بدلے۔ خدا عزیز بھائی کو سلامت رکھے۔ آمین! ان سے حیدرآباد کی شناخت باقی ہے۔

جب سے وہ حیدرآباد آئے ہیں، دو کام بڑی باقاعدگی کے ساتھ انجام دینے لگے ہیں۔ پہلا یہ کہ دیرینہ رفیقوں اور مداحوں سے باتیں کرتے کرتے اچانک رو دینا۔ اور دوسرا یہ کہ دوسرے ہی لمحے میں زوردار قہقہہ لگانا اور قہقہہ بھی ایسا کہ سارا جسم ہنس پڑے۔ مجھے اس قسم کے قہقہے سے بڑا ڈر لگتا ہے جس میں ہنسی کے ساتھ ساتھ ساری کائنات کا کرب پوشیدہ ہو۔ اور ایسا "بھرپور قہقہہ" ایک سچا کارٹونسٹ اور ایک سچا مزاح نگار ہی لگا سکتا ہے۔ عزیز بھائی نے اب تک "بھرپور قہقہوں" کی سنچری مکمل کر لی ہے اور دوسری سنچری کی طرف رواں دواں ہیں۔ ان کی شخصیت کو ابھارنے میں ان کی عینک کو بھی بہت بڑا دخل ہے۔ وہ کچھ اس قسم کی عینک لگاتے ہیں کہ آنکھ بھی ماری جائے تو کسی کو پتہ نہ چلے اور آنسو بھی بہہ نکلیں تو کوئی دیکھ نہ سکے۔

وہ ایک تیسرا کام بڑی خوش اسلوبی سے انجام دینے لگے ہیں۔ ان کے ٹائم ٹیبل میں "وقفہ برائے نماز" کے علاوہ "وقفہ برائے آہ و گریہ در مقاماتِ جامعہ عثمانیہ" بھی شامل ہیں۔ وہ تو مصطفیٰ کمال صاحب ہی کا

حوصلہ تھا جو انھیں جامعہ عثمانیہ سے کھینچ لائے۔ ورنہ عزیز قلندر وہیں دھونی رمائے بیٹھا رہتا!

عزیز بھائی ایک ممتاز کارٹونسٹ ہیں۔ وہ لکیروں کے جادوگر ہیں۔ آرٹ کے معاملے میں وہ لکیر کے فقیر نہیں۔ وہ اس سلیقے اور ہنرمندی سے برش کا اسٹروک لگاتے ہیں کہ ان کے برش سے نکلی ہوئی ہر لکیر پتھر کی لکیر بن جاتی ہے۔ میں نے انھیں اسٹروک لگاکر پھر اسے مٹاتے نہیں دیکھا۔ وہ لکیر کو زبان عطا کرنے کی بھرپور قدرت رکھتے ہیں۔

وہ ایک سچے مسلمان کی طرح اپنا ہر اسکیچ ۷۸۶/۹۲ سے آغاز کرتے ہیں۔ اس طرح عزیز کارٹونسٹ نے "اسکیچ آرٹ" کو دائرۂ اسلام میں شامل کیا ہے۔ اب تک انھوں نے کتنے اسکیچس کو مشرف بہ اسلام کیا مجھے نہیں معلوم۔ وہ ایک سچے مسلمان کی طرح ۷۸۶/۹۲ لکھ کر یہ اعتراف کرنا چاہتے ہیں کہ "میری چشم گنہگار نے جو کچھ دیکھا اسے لکیروں میں مقید کیا۔ اس سے آگے مجھے کچھ نہیں معلوم۔ ۷۸۶/۹۲ ان کا کوئی ٹریڈ مارک نہیں اور نہ کوئی ٹریڈ سیکرٹ۔ وہ تو صرف ان کا عقیدہ ہے اور عقیدہ ہی ایک سچے فنکار کی پہچان ہے!

سری ہری اینڈ سنس
دی فیمس ہیئر ڈریسرس

سڑک سے گزرتے وقت دکانوں پر آویزاں کیے ہوئے سائن بورڈ پر کی تحریریں پڑھنا ہماری عادت ہے۔ طالب علمی کے زمانے میں بلیک بورڈ پر کی تحریریں پڑھا کرتے تھے۔ تعلیم سے فارغ ہوئے تو NO VACANCY (جائداد خالی نہیں) کے بورڈ پڑھنے کو ملے۔ یہ تو آپ جانتے ہی ہیں کہ ملازمت کی تلاش میں داڑھی، مونچھ اور سر کے بال کچھ اس طرح بڑھ جاتے ہیں کہ آدمی اور ریچھ میں تمیز کرنا مشکل ہو جاتا ہے یا یوں سمجھئے کہ ایک اچھا خاصا آدمی بگڑا ہوا شاعر دکھائی دینے لگتا ہے اور بگڑے شاعر سے پھر انسان بننے کے لیے آپ کو کسی ہیر کٹنگ سیلون کا رُخ کرنا پڑتا ہے۔

کہنے کا مطلب یہ ہے کہ عقیقے سے لے کر اس دارِ فانی سے کوچ کر جانے تک ہر انسان کو قسم قسم کے حجاموں سے سابقہ پڑتا ہے (یہاں حجاموں

سے مراد وہ لیڈر نہیں جو قوم کی اصلاح کے بہانے ملکی سیاست میں داخل ہوکر ساری قوم کی حجامت کر دیتے ہیں بلکہ یہاں حجام سے مراد وہ شخص ہے جو آپ کا شیو کر کے آپ کے چہرے کو خوبصورتی عطا کرتا ہے۔ چنانچہ ہر شخص حجام کے حضور میں پہنچ کر یہ عرض کرنے پر مجبور ہے کہ "نائی مہاراج! ذرا بال کاٹ دیجئے، شیو بنا دیجئے!"

چاہے آپ اپنے گھر پر کتنی ہی بار بلیڈ سے شیو کریں، لیکن بال ترشوانے کے لیے (سال میں ایک بار ہی سہی) حجام کے آگے آپ کو اپنا سر جھکانا ہی پڑے گا۔ ابھی ایسا کوئی آلہ ایجاد نہیں ہوا جس کی مدد سے آپ خود اپنے بال ترشوا لے سکیں۔ اگر کوئی اس قسم کا آلہ ایجاد ہوتا تو سب سے پہلے اس کو حجام ہی درآمد کرتا تاکہ وہ اپنے بال خود آپ کاٹ لے سکے۔ جس طرح ایک آرٹسٹ اپنا سلف پورٹریٹ بناتا ہے۔ ہم' گنجوں کی بات نہیں کرتے۔ وہ اس لیے کہ ان کی حجامت تو قدرت بہت پہلے ہی بنا چکی ہوتی ہے۔ ہم ان لوگوں کی بات کرتے ہیں جو بال بھی رکھتے ہیں اور بچے بھی اور ایک عدد بیوی بھی۔

ہمارے حجام کا نام سری ہری ہے اور ہم اس کی دکان کا سائن بورڈ بیس سال سے پڑھتے چلے آرہے ہیں۔

"سری ہری اینڈ سنس، دی فیمس ہیر ڈریسرس"

اس سے پہلے وہاں کوئی بورڈ نہ تھا بلکہ سری ہری کا باپ نرہری (آنجہانی) فٹ پاتھ پر ایک چلتے پھرتے قسم کا ہیر کٹنگ سیلون ایک چھوٹے سے لیدبکس میں لیے بیٹھا کرتا تھا۔ وہ اپنے گاہکوں کے گھر پر بھی جایا کرتا اور سر مونڈنے بال تراشنے، شیو کرنے اور باتیں بنانے کی فیس کے علاوہ وزیٹنگ فیس بھی

وصول کیا کرتا تھا۔ ہمارے دادا جان اس کے فن کے بڑے دِلدادہ تھے۔ کیوں نہ ہوں؟ قدامت پسند بزرگ جو ٹھہرے۔ وہ قدیم کلاسیکل لٹریچر پڑھا کرتے تھے اور کلاسیکل شاعری پسند فرماتے تھے۔ جب وہ اپنے حجام سے اپنا سر منڈواتے تو کچھ اس مزے سے آنکھیں بند کئے بیٹھے رہتے جیسے ان کے سر پہ استرا نہ پھرایا جا رہا ہو بلکہ ملائم انگلیوں کی پوروں سے گد گدایا جا رہا ہو!

ایک بار ہمارے لمبے لمبے بال اُن سے دیکھے نہ گئے۔ فوراً حجام کو حکم دیا کہ "اس ریچھ کے بال مونڈھ دو!" — بس حکم کی دیر تھی۔ ہمارے سر پہ استرا چلنے لگا "دن میں تارے نظر آنا" کسے کہتے ہیں، ہماری سمجھ میں آگیا۔ ورنہ اس سے پہلے تو ہم اس محاورے کو صرف جملوں میں استعمال کیا کرتے تھے۔

— اس روز نہ صرف دن میں تارے نظر آئے تھے بلکہ پلکوں پر بھی چمکے تھے۔ پھر یکے بعد دیگرے ٹوٹے بھی تھے۔

ایک اور موقع پر "مکرر ارشاد" کی نوبت آئی تو ہم نے گھر سر پہ اُٹھا لیا۔ تب حجام نے ایک ایسی چال چلی کہ سانپ بھی نہ مرے اور لاٹھی بھی نہ ٹوٹے۔ اس نے ہمارے سر پہ آرٹ کا مظاہرہ کیا۔ اس نے ہماری تالو پہ استرے سے ایک  (پان) بنایا۔ آئینے میں پان کے اس ڈیزائن کو جو دیکھا تو ہم حجام کی فری ہینڈ ڈرائینگ کے قائل ہو گئے — جوں ہی تالو کو ٹھنڈی ٹھنڈی ہوا لگی تو ہمیں یوں محسوس ہوا جیسے سر کے بیچوں بیچ ایرکنڈیشنڈ پلانٹ نصب کیا گیا ہو!

اب ہمارا سر ایک اچھی خاصی "منی آرٹ گیلری" میں تبدیل ہو گیا تھا۔

چنانچہ ہم آرٹ کے اس نادر نمونے کو بتانے کے لیے ایک دوست کی خدمت میں حاضر ہوئے۔ اس نے ہماری آرٹ گیلری میں اس شاہکار آرٹ کو ملاحظہ فرمانے کے بعد یوں اظہارِ خیال کیا۔

"پان تو ٹھیک ہے! البتہ چونے اور کتھے کی کمی ہے۔ اگر اجازت ہو تو چاند ماری کے ذریعہ اس کی تلافی کر دوں!"

اس سے پہلے کہ وہ ہماری تالو پر زوردار دھپّا رسید کر کے باضابطہ چاند ماری کا آغاز کرتا، ہم فوراً وہاں سے بھاگ کھڑے ہوئے اور گھر پہنچ کر پہلا کام یہ کیا کہ سر پر ٹوپی اوڑھ لی۔ اس طرح ہم نے اپنی آرٹ گیلری پر NO EXHIBITION کا غلاف چڑھا دیا۔

لیکن اس کے باوجود ہم اس شاہکار آرٹ کی نمائش کو کسی طرح روک نہ سکے۔ وہ اس لیے کہ چند ہی گھنٹوں میں ہمارے دوستوں میں یہ خبر عام ہو گئی کہ ہمارے سر پر "چاند" نمودار ہوا ہے۔ بس پھر کیا تھا۔ ہماری آرٹ گیلری کا زبردست رش لینے لگی۔ دوست احباب کا سیلاب تھا کہ تھمتا نہ تھا۔ بعض دوستوں نے تو آرٹ کے اس ڈیزائن کے عنوانات سے بھی تجویز فرمائے تھے۔ کچھ عنوانات یاد رہ گئے ہیں۔

ایک نے عنوان دیا تھا— "نائی کا آٹوگراف"

دوسرے نے کہا تھا— "پان کا بکّہ"

تیسرے دوست نے ہماری تالو پر بالائی کی پرت جمی دیکھ کر خالص دکنی میں عنوان تجویز کیا تھا "ملائی کا ڈوبّا"۔ اس BARBARIAN ART کے توسط سے ہماری والدۂ محترمہ نے بھی ہمارے دماغ کی اصلاح کا بیڑہ اٹھایا

وہ ہماری تالو پر کبھی خشخاش کی پتّی ڈالیتں تو کبھی بالائی کی دبیز پرت جماتیں تاکہ دماغ کو طراوت پہنچے اور آگے چل کر ہمارا شمار ذہین طالب علموں میں ہو۔ ہمیں اچھی طرح یاد ہے کہ ایک بار ٹوپی کے نہ اوڑھنے کی وجہ سے چیل ہمارے سر پر سے بالائی کی پرت جھپٹ لے گئی تھی اور جاتے جاتے ہماری تالو پر سراغ رسانی کے لیے اپنے ناخنوں کے نشانات بھی چھوڑ گئی تھی۔ اس ہوائی حملے کے بعد سے تو ٹوپی کے بغیر باہر نکلنا خطرے سے خالی نہ رہا تھا۔ جیسے جیسے دن گزرتے گئے ہماری تالو پر پھر سے بال اُگ آئے اور آرٹ کا وہ نادر نمونہ آثارِ قدیمہ میں تبدیل ہوکر آہستہ آہستہ بالوں کے جھنڈ میں یوں غائب ہوگیا جیسے سرے سے ہی اُس کا وجود نہ ہو۔ یہ تھا ہمارے بچپن کے دَور کے نائی کا کارنامہ!

اب جو ہمارا نائی ہے، وہ ہمارا ہم عمر ہے۔ اس کو ہم اُس وقت سے جانتے ہیں جب وہ ہمارے ساتھ پڑھتا تھا۔ آٹھویں جماعت تک وہ ہمارا کلاس میٹ بھی رہ چکا ہے۔ ہماری داڑھی اور مونچھوں کو قبل از وقت برآمد کرنے میں اسی کا ہاتھ رہا ہے۔ چنانچہ اس کی ایسی ہی "خارج از نصاب" سرگرمیوں کو دیکھ کر اُس کے باپ نے اُسے اسکول سے نکال کر ہیر کٹنگ سیلون میں کام پر لگا دیا (اُس زمانے میں اس قسم کی سرگرمیاں خارج از نصاب تصور کی جاتی تھیں جبکہ موجودہ زمانے میں اس قسم کی سرگرمیاں "داخل در نصاب" تصور کی جاتی ہیں) اِدھر ہم اعلیٰ ثانوی کی جماعتوں میں کتابیں پڑھتے رہے اُدھر وہ ہیر کٹنگ سیلون میں لوگوں کے چہرے پڑھتا رہا۔ ہم نے امتحانات میں پرچے لکھ لکھ کر صفحات کے صفحات کالے کر ڈالے اُدھر اس نے

سیلون میں گاہکوں کے سروں اور چہروں پر پرچے لکھے۔ ہم نے ہائی اسکول سے کالج میں داخلہ لیا تو اس نے اپنا ایک ذاتی ہیر کٹنگ سیلون قائم کیا ــــــ

"سری ہری اینڈ سنس، دی فیمس ہیر ڈریسرس"

جب ہم کالج سے نکلے تو ہمارے ایک ہاتھ میں قلم تھا تو دوسرے ہاتھ میں سند۔ تو اُدھر اس کے ایک ہاتھ میں اُسترا تھا تو دوسرے ہاتھ میں بُرش۔ ہم نے ایک وکیل سے گون مانگ کر تصویر کھنچوائی تو اُدھر اس نے اپنے سیلون کو آئینوں اور فلمی کیلنڈروں سے سجایا۔ ہم اپنی تصویر میں، "بیچلر آف آرٹس" کی ڈگری لیے خواہ مخواہ مسکرا رہے تھے تو ادھر وہ اپنے گاہکوں کو کیو میں کھڑے دیکھ کر مسکرا رہا تھا۔ مختصر یہ کہ:

ہم تو فقط دوات و قلم چاٹتے رہے

جیسا کہ ہم نے کہا ہے کہ ہمارے حجام کا نام سری ہری ہے ــــ وہ بڑا باتونی ہے۔ ویسے آپ ہماری اس بات سے ضرور متفق ہوں گے کہ ہر نائی باتونی ہوتا ہے۔ چراغ حسن حسرت نے اپنے مضمون میں ایک باتونی حجام کا ذکر کیا ہے۔ وہ لکھتے ہیں کہ شیو بناتے وقت حجام نے مجھے ڈراؤنے قصے سنائے۔ جب انھوں نے اس سے پوچھا کہ وہ ایسا کیوں کر رہا ہے؟ تو اس نے جواب دیا کہ "جناب! ڈراؤنے قصے سنانے سے بدن کے رونگٹے کھڑے ہو جاتے ہیں چونکہ آپ کی داڑھی اُسترے کی گرفت میں نہیں آرہی ہے، اس لیے بالوں کو کھڑے کرنے کے لیے ڈراؤنے قصے سُنا رہا ہوں تاکہ اُنھیں مونڈنے میں آسانی ہو!"

لیکن ہمارا حجام تو باتیں بنانے میں منفرد حیثیت کا حامل ہے۔ اس کی زبان

قینچی سے کہیں زیادہ چلتی ہے۔ ہمارا بس چلے تو اُس کے مُنہ میں سرجری کے ذریعہ ایک ہمہ مقصدی قسم کی قینچی لگوادیں تاکہ باتوں کے ساتھ ساتھ قینچی بھی اپنا کام کرتی رہے لیکن مشکل یہ ہے کہ طِب میں ابھی اس قسم کی سرجری ایجاد نہیں ہوئی ہے۔ ایک بار اُس نے ہمارے چہرے پر برش سے صابن کا ڈبل کوڈ پھیرتے ہوئے باتوں کے رُخ کو حجامت سے ادب اور شاعری کی طرف موڑ دیا۔

" صاب! بُرا نہ مانیں تو ایک بات پُوچھوں! یہ شاعر لوگ اپنے بال اِتنے کیوں بڑھاتے ہیں؟"

ہم نے کہا " یہ سوال مجھ سے کیوں پوچھ رہے ہو؟ ان ہی سے کیوں نہیں پوچھ لیتے!"

وہ بولا " کیا عرض کروں صاب! وہ لوگ تو ادھر کا رُخ ہی نہیں کرتے! اور آپ تو جانتے ہیں صاحب کہ بال ہماری امانت ہیں اور اس بوجھ کو اٹھائے ہوئے پھرنا سراسر ناانصافی اور زیادتی ہے۔ اس بوجھ کو ہلکا کرنے کا موقع نائی کو سال میں کم ازکم چھ بار تو ملنا چاہیئے۔!"

یہ سنتے ہی ہم فوراً اپنے بارِ امانت کی جانب متوجہ ہوئے جو مسلسل چھ ماہ سے اٹھائے چلے آرہے تھے۔ جب ہم نے اپنی داڑھی میں کے دو چار سفید بالوں کی جانب سری ہری کی توجہ مبذول کرائی تاکہ وہ انہیں جڑ سے اُکھاڑ پھینکے تو اس نے کام سے بچنے کی خاطر ہمیں یوں ٹرخا دیا کہ " صاب! آپ ان کو مت چھیڑیئے۔ اگر آپ ان کو اکھاڑ پھینکیں گے تو ان کے بھائی بند ناراض ہوکر وہ بھی سفید ہوجائیں گے" لیکن جب ہمارا اصرار بڑھتا ہی گیا تو اس نے وہ بال کچھ اس طرح اُکھاڑ پھینکے کہ بال کے ساتھ کھال بھی نکل

مگر جناب ہمارے نائی میں ایک خاص وصف یہ ہے کہ وہ نشہ کی حالت میں کبھی اُسترے اور قینچی کو ہاتھ تک نہیں لگاتا ۔ وہ اپنے ہتھیاروں کا پرستش کی حد تک احترام کرتا ہے چنانچہ موقع پاکر ایک دن ہم نے اس سے پوچھ ہی لیا کہ " سری ہری ! تم نشہ کی حالت میں لوگوں کی حجامت کیوں نہیں بناتے ؟"

وہ بولا " نشہ کی حالت میں کسی گاہک کے چہرے پر معمولی زخم بھی آجائے تو میری اچھی خاصی حجامت ہو جائے گی ۔ میں کوئی شاعر تو ہوں نہیں کہ پی کر کلام سناؤں اور داد بھی پاؤں ! مجھے میرا فن عزیز ہے ۔ مجھے یہ منظور نہیں کہ میرے فن پر حرف آئے اور شراب بدنام ہو!"

یہ ایک نفسیاتی معاملہ ہے کہ ہر شخص اپنے مخصوص نائی سے ہی شیو بنوانا اور بال ترشوانا پسند کرتا ہے اور ہر نائی انسان کی اس کمزوری سے پوری طرح باخبر رہتا ہے ۔ اب آپ اس کو ہماری کمزوری پر محمول کیجئے ۔۔ یا وفاداری پر یا وضعداری پر کہ ہم سری ہری کے سیلون کے سوا کسی اور سیلون کا رُخ نہیں کرتے ۔ ہماری مونچھیں ہمیں سری ہری کے سیلون کو کھینچ لے جاتی ہیں ۔ وہ ہماری اس کمزوری سے بخوبی واقف ہے کہ ہماری مونچھوں کا اسٹائل کسی اور سیلون کا رخ نہ کرنے دے گا ۔ اگر کبھی گھر پر شیو کرنے کی نوبت آجاتی ہے تو ہم بھی آؤٹ لائن پر بلیڈ چلاتے ہیں جو سری ہری کی ڈیزائن کی ہوئی ہے ۔ حد ہو گئی ہم اپنے بچوں کو تک سری ہری کے سیلون پر لے جاتے ہیں ۔ اب تو باقاعدہ طور پر "ادھار کھاتہ" بھی کھل گیا ہے ۔ اور سری ہری کی حیثیت ایک فیملی باربر کی سی ہو گئی ہے چنانچہ ہم ہر مہینہ کی پہلی تاریخ کو اپنے نائی کا اُدھار چکاتے ہیں ۔ کبھی کبھی یوں بھی ہوتا ہے کہ سری ہری جو کچھ حجامت کے بارے میں اپنے لڑکوں کو سکھاتا ہے اس کا آموختہ وہ ہمارے لڑکوں کے سروں پر کرواتا ہے اور ہم یہ موقع محض اس لیے فراہم کرتے ہیں کہ آخر مروت بھی تو ایک چیز ہے ۔

پرانی ٹاکیز
پرانی فلم

میں پرانی فلمیں دیکھنا قطعاً پسند نہیں کرتا، اور میں یہ بات
اپنی عمر کا ایک بیشتر حصہ اِسی دشت کی سیاحی میں گزارنے کے
بعد کہہ رہا ہوں۔ جب آدمی کچھ کرنے کے قابل نہیں رہتا تو وہ
صرف مشورے دیا کرتا ہے۔ آپ نے دیکھا ہوگا کہ ہمارے اکثر
دانشور و سیاست داں بھی کچھ تو کیا کرتے ہیں۔ جب وہ اپنی
تین چوتھائی زندگی لغویات میں، ناقابلِ علاج کی حد تک
گزار لیتے ہیں تو وہ دوسروں کو ناقابلِ عمل مشورے دیا کرتے ہیں
تو ہمارا ناقابلِ عمل مشورہ یہ ہے کہ آپ پرانی فلم ہرگز نہ دیکھیں۔
اس کی وجہ یہ نہیں کہ پرانی فلم کسی پرانی محبوبہ کی طرح بور کرتی ہے۔
بلکہ اصلی سبب یہ ہے کہ پرانی فلم دیکھتے ہوئے ایک فلم بین کو پھر
ایک بار اپنے زمانۂ طالب علمی کو آواز دینا پڑتا ہے۔ ان پڑھ
اور جاہل فلم بین فلم آپریٹر کو آواز دیتے ہیں — آج ایسے ساؤنڈ

کھول! ۔۔۔ پنکھے کھول!"

آپ یقین کریں یا نہ کریں، مجھے پرانی فلمیں دیکھتے ہوئے بارہا شدت سے یہ احساس ہوا کہ میں فلم نہیں دیکھ رہا ہوں بلکہ آئی۔ اے ایس کیڈر کے ایک مسابقتی امتحان میں حصہ لے رہا ہوں اور مجھے آبجکٹیو پیپر حل کرنا ہے۔ ادھر جیسے ہی پردہ سیمیں پر ہیرو یا ہیروئین کے مکالمے کٹے، اِدھر میں نے فوراً اپنی پچھلی یادداشت کو کام میں لا کر خانہ پُری کر لی۔ اب آپ ہی بتائیے یہ آبجکٹیو پیپر نہیں تو پھر اور کیا ہے؟ پرسوں ہی کی بات ہے کہ پُرانے شہر کی ایک پُرانی ٹاکیز میں ایک بہت ہی پُرانی فلم لگی تھی۔ یوں بھی پُرانے شہر میں چند پُرانی تاریخی عمارتوں اور چند پرانی ٹاکیزوں کے سوا رہ ہی کیا گیا ہے۔ اگر اتفاق سے کوئی نئی ٹاکیز تعمیر ہوئی تو اس کی خبر نہیں۔ وہ اس علاقے کے فلمی شائقین کو ایک نظر نہیں بھاتی جب تک کہ وہ اس کی اینٹ سے اینٹ بجا کر اپنے گھروں کو چند اینٹیں نہیں لے جاتے

یہاں ٹکٹ خریدنا گویا ایک بہت بڑی مہم سَر کرنا ہے۔ یہ مہم وہی حضرات سَر کر سکتے ہیں جو گھونسہ پروف، لات پروف، شاک پروف اور واٹر پروف قسم کے ہوں ورنہ کس شریف آدمی کو یہ پڑی ہے کہ وہ اپنا ٹرلین یا ٹری کاٹ کا پیرہن صرف ایک معمولی ٹکٹ کے لیے تار تار کر لے، یا اپنے جسم کے کسی اہم عضو کو ناکارہ بنا لے۔ یہاں جو کوئی قاعدے اور قانون کی پابندی کرتا ہے، وہ مارا جاتا ہے۔

سینما ہال میں داخل ہونے وقت دروازوں سے احتجاجی صدائیں بلند ہونے لگتی ہیں۔ لیکن ان احتجاجی صداؤں کو سینما گھروں کے مالکین

یوں نظر انداز کر دیتے ہیں جس طرح فسادات کے وقت اقلیتوں کی چیخ و پکار ۔ یہاں کی سیٹیں بھی کچھ کم تاریخی نہیں ہوتیں۔ یہ آپ کو آدابِ نشست و برخاست سکھاتی ہیں۔ جیسے ہی آپ نے اونگھنا شروع کیا یا بے ڈھنگے پن کا ثبوت دیا تو بس سمجھئے کہ تحت الثریٰ پہنچ گئے بعض سیٹیں تو بالکل کشتی کی طرح ڈولنے لگتی ہیں۔ ان سیٹوں پر بیٹھ کر "تن ڈولے، من ڈولے" کا صحیح لطف اٹھایا جا سکتا ہے۔ بعض سیٹوں سے چوں، چیں، چرکھٹ کی یوں آوازیں آنے لگتی ہیں جیسے مرڈر سین کے وقت خوفناک قسم کا آرکسٹرا بج رہا ہو۔ ہال میں داخل ہونے کے بعد ہر شخص کو یہ آزادی حاصل رہتی ہے کہ وہ یا تو پردہ کی طرف منہ کر کے بیٹھے، یا پھر پلٹ کر بیٹھ جائے تاکہ عورتوں کو گھور سکے۔

ان ٹاکیزوں میں جب کبھی کوئی فلم زیادہ رش لیتی ہے، تو زائد ٹکٹ جاری کئے جاتے ہیں۔ اس کا مطلب یہ نہیں کہ سینما ہال کی دیواریں ربر کی ہوتی ہیں کہ جتنا چاہو وسعت دے لو۔ بلکہ طریقۂ کار یہ ہوتا ہے کہ ہال کی دیواروں کے ساتھ ساتھ بنچ اور ٹیبل رکھ دیئے جاتے ہیں جو دیر سے آنے والوں کے لیے سزا کا کام دیتے ہیں لیکن اس کے باوجود بھی لوگوں کی آمد کا سلسلہ جاری رہا تو انھیں ہال کے دیواروں کے سہارے پنجوں کے بل کھڑے ہو کر یا مرغا بن کر یا پھر دروازوں کے پردوں سے لٹک کر اپنے شوقِ دید کو پورا کرنا پڑتا ہے۔ اب ہم آپ سے کیا چھپائیں، ہم نے بھی ایک بار اسٹیج کے پردے کے قریب بیٹھ کر فلم دیکھی تھی۔ ان ٹاکیزوں میں فلم دیکھنے والوں کے اعصاب

کافی مضبوط ہوتے ہیں۔ ان پر نہ تو سردی کا اثر ہوتا ہے اور نہ گرمی کا۔ خیر۔ سردی تو انھیں کیا ستائے گی۔ البتہ جب گرمی بہت ہی ستانے لگتی ہے تو وہ قمیص اور بشرٹ اُتار دیتے ہیں۔ شکر ہے کہ بات اس سے اور آگے بڑھنے نہیں پاتی۔

انھیں کھٹملوں اور مچھروں کی کوئی پرواہ نہیں ہوتی۔ وہ تو ان کی باضابطہ پرورش کرتے ہیں۔ ان کے فلم دیکھنے کے انداز بھی بڑے نرالے ہوتے ہیں۔ جب وہ موڈ میں آجاتے ہیں تو سیٹیاں بجانے لگتے ہیں۔ کبھی کبھار رقص بھی کرنے لگتے ہیں۔ ان کے لیے "SMOKING - PROHIBITED" کا سوال پیدا ہی نہیں ہوتا۔ لوگ اس تھیٹر کے نئے فلم بینوں کو بڑی آسانی سے پہچان لیتے ہیں۔ اگر کسی نئے فلم بین نے گرمی کی تاب نہ لاکر ہش ہش شروع کی، یا کھٹملوں کے کاٹنے پر پہلو بدلنے شروع کیے تو فوراً کوئی نہ کوئی یہ جملہ کس دے گا:

"ارے کوئی نیا بلبل آگیا ہے!"

ہاں تو میں یہ کہہ رہا تھا کہ پرانے شہر کی ایک پرانی ٹاکیز میں ایک پرانی فلم لگی تھی۔ یہ وہی فلم تھی جو میں نے اپنے زمانۂ طالب علمی میں پانی پینے کے بہانے کلاس سے نکل کر اور والدِ بزرگوار کی جیب سے پیسے اُڑا کر میٹنی شو میں دیکھی تھی۔ یہی وہ شہرۂ آفاق فلم تھی جس کے انتظار میں شائقین سینما نے دن کا چین اور رات کی نیندیں حرام کرلی تھیں مجھے اچھی طرح یاد ہے کہ جب یہ فلم ہمارے شہر میں ریلیز ہوئی تھی تو شائقین سینما نے پہلا شو دیکھنے کا اعزاز حاصل کرنے کے لیے رات ہی سے کیو میں اپنے بستر لگا دیئے تھے اور دوسرے دن کے

ناشتے کا بھی انتظام کر لیا تھا۔ یہی نہیں، ایک دو خواتین کی گودیں بھی یوں ہی ہری ہو گئی تھیں۔ بھلا ایسی معرکتہ الآرا فلم مجھ سے کیسے چھوٹ سکتی تھی۔ جب تک یہ فلم ہمارے شہر میں دکھائی جاتی رہی، میں نے ہر روز ہر شو دیکھا۔ وجہ یہ تھی کہ پہلے دن کے پہلے ہی شو کے دوران فلم کی ہیروئن نے میرے دل میں محبت کا بیج بویا تھا جو رفتہ رفتہ ہر شو کے ساتھ ساتھ ایک تناور درخت کی شکل اختیار کرتا جا رہا تھا۔ جی میں آتا تھا کہ میں اس فلم کا REPRESENTATIVE بن کر فلم کے ڈبے کے ساتھ ساتھ شہر شہر گھوموں اور بالآخر بمبئی پہنچ کر ہیروئن کے قدموں پہ گر کر گڑگڑاؤں کہ اے! پردۂ سیمیں کی ہیروئن! مجھ سے یہ فراق کے دن کاٹے نہیں کٹتے مہربانی کر کے تو مجھے اپنے فلیٹ کا دربان بنا لے۔

اب جب کہ دوبارہ پُرانے شہر کے پرانے سینما گھر میں "بالکل نئی کاپی" کے عنوان سے اس فلم کو "بالکل پرانی کاپی" دکھائی جا رہی تھی تو بھلا مجھ سے کیسے چپ رہا جاتا۔ کیونکہ محبت نے پھر ایک بار انگڑائی لی تھی۔ ناچار دل کے ہاتھوں مجبور ہو کر اور ایک دوست سے پیسے اُدھار لے کر سینما گھر کا رُخ کیا ہی تھا کہ راستے میں ایک پُرانے قرض خواہ سے مڈبھیڑ ہو گئی۔ میں نے اپنے بچاؤ کی خاطر فوراً بلدیہ کے ایک URINAL کا رُخ کیا اور اس کے دوسرے راستہ سے چکمہ دے کر سینما گھر کی جانب روانہ ہوا۔ میرے پہنچنے تک کافی دیر ہو چکی تھی اور بکنگ بھی بند ہو گئی تھی لہٰذا بلاک میں ٹکٹ خریدنا پڑا۔ جب میں سینما ہال میں داخل ہوا تو گھپ اندھیرا تھا اور ہاتھ کو ہاتھ سجھائی نہ دیتا تھا۔ میں نے ایک سیٹ کو ٹٹولا

جان کر بیٹھنا چاہا تو کسی نے اس زور سے دھکا دیا کہ میں ہاتھوں ہاتھ ہوتا ہوا ایک سرے سے دوسرے سرے تک جا پہنچا اور دھپ سے فرش پر گر پڑا۔ پھر دوسرے ہی لمحہ میں سات طبق روشن ہو گئے تب کہیں پتہ چلا کہ ہال بالکل بھرا ہوا ہے۔ اب جو میں نے اُٹھنا چاہا تو پیچھے سے آوازیں آئیں۔

"ارے بیٹھ! ابے ہٹ!"

فوراً خاک نشینی اختیار کرنی پڑی۔ اتنے میں پبلک کی سیٹیوں کی گونج میں اشتہارات کے سلائڈس، پردہ پر نظر آنے لگے۔ پھر نیوز ریل شروع ہوئی۔ پھر کسی آنے والی فلم کا ٹریلر۔ پھر مزید ایک اور آنے والی فلم کا ٹریلر۔ میرے دل سے آہ نکلی "کب تک میرے مولا! آخر کب تک "کھلونے دے کے بہلایا گیا ہوں" کے مصداق پبلک کو ان ٹریلروں سے بہلایا جائے گا اور اصلی فلم کب شروع ہوگی۔ اتنے میں یکایک کچھ مکالموں کے ساتھ فلم شروع ہوئی۔ "شیلا! میں اُس گدھے کے بچے سے ...

... ہوں .... جس نے تیری ماں ... میری ماں .... شادی

... جلد .... لوٹوں گا۔

پھر جدائی کا گانا شروع ہوا۔ ہیروئن گانے لگی ــ

بچپن کی محبت کو .... سے ... کرنا

جب .... میری آئے ...... کرنا

میں حیران کہ آخر یہ کونسی فلم ہے۔ یہ کرنا کیا ہے ــ یہ کہاں کرنا ہے۔ اور اس فلم کی کاسٹ کیا ہے؟ مجھے شبہ سا ہونے لگا کہ شاید جلدی میں، میں کسی دوسرے سینما ہال میں گھس آیا ہوں۔ شبہ کو شکر نے کی خاطر میں نے اپنے ایک بازو والے شخص کو جھنجھوڑ کر پوچھا "جناب!

یہ کون سی ٹاکیز ہے؟ اور یہ فلم کون سی ہے؟ کچھ آتا پتا تو بتائیے؟" جواب میں ایک خاتون کی جھڑکی سنائی دی " پتا نہیں کدھر سے آجاتے ہیں شہدے! پولیس کو بلاؤں کیا؟" یا اللہ ایک نہ شد دو شد۔ فوراً آگے کی جانب کھسک گیا اور پورے انہماک کے ساتھ پردے پر نظریں گاڑ دیں اور دماغ پر زور ڈال کر سوچنا شروع کیا کہ کچھ تو فلم سمجھ میں آئے۔ مگر اتنے میں دیکھتا کیا ہوں کہ پردے پر ایک بھونچال سا آگیا ہے اور تمام مناظر گڈمڈ گڈمڈ ہو رہے ہیں یکایک پردے پر کالی گھٹا سی چھاگئی ــ تارے چمکے ــ بجلی سی چمکی اندھیرا چھاگیا۔ فلم جل گئی ــ ٹن ٹن ٹن ــ پردے پر سلائڈس کی بھرمار شروع ہوگئی "SMOKING PROHIBITED" "بادام چھاپ بیڑی پیجئے"........

"اب ہم ایک نئے مستقبل کی طرف بڑھ رہے ہیں" انٹرول ــ پورا ہال روشنی میں نہاگیا۔ "چائے گرم۔ سوڈا لیمن۔ پان بیڑی سگریٹ" لیکن میرا دماغ ان تمام ہنگاموں سے دور، گتھیوں کو سلجھانے میں مصروف تھا۔ مجھے اس سین کے کٹ جانے کا کافی افسوس تھا جبکہ ہیرو اور ہیروئن ایک ہی مدرسہ میں عشق و عاشقی کے تمام مراحل طے کرتے ہیں۔ پھر وہ سین بھی تو نہیں تھا جب ماسٹر صاحب ہیرو کو مارتے ہیں تو ہیروئین کے ہاتھ پہ مار کے نشانات اُبھر آتے ہیں۔ جنہیں وہ محبت کی نشانی سمجھ کر بڑی جتن سے دیکھ بھال کرتی ہے۔ یہی وہ اہم سین تھا جس نے مجھے فلسفہ محبت سکھایا تھا اور میں ہیروئن کا گرویدہ ہوچلا تھا۔ ابھی میں ان گتھیوں کو سلجھانے بھی نہ پایا تھا کہ گھنٹی کی ٹرن ٹرن نے میری توجہ پردے کی جانب مبذول کروادی۔

کھیل کا دوسرا حصّہ شروع ہوا۔ وہی کٹی ہوئی فلم کے ٹکڑے، وہی ہنگامہ وہی بے ترتیبی۔ جب ہیرو پورے موڈ کے ساتھ گانا گاتے ہوئے ہیروئن کی طرف لپکا تو ہیروئن کی ماں سامنے آگئی۔ ہیرو جب ویلن کو گالیاں دیتے ہوئے مارنے کے لیے آگے بڑھا تو ہیرو کا باپ آگیا پھر وہ سین بالکل ہی غائب تھا جس میں ایک رقاصہ، رقص کے دوران "یہ وہ جامہ ہے کہ جس کا ہے نہ سیدھا اُلٹا" کی تعبیر بن کر پیش ہوتی ہے۔ اب بھلا پبلک میں تاب کہاں؟! ارے مارو ارے توڑو کی صدائیں بلند ہوئیں۔ اتنے میں فلم نے خود دم توڑ دیا۔ میں توڑ پھوڑ کی آوازوں سے گھبرا کر لوگوں سے بچتے بچاتے، دیواروں سے ٹکراتے ہوئے باہر نکلا لیکن افسوس کہ بش شرٹ کی ایک آستین اور چپل سے محروم ہوگیا۔

اس تلخ تجربے کے بعد سے میں نے یہ عہد کرلیا ہے کہ کبھی بھول کر بھی پرانی فلم پرانی ٹاکیز میں نہیں دیکھوں گا۔ اور اگر دیکھنا ہی ٹھیرا تو کوئی نئی فلم دیکھوں گا اور کسی ایرکنڈیشنڈ تھیٹر میں دیکھونگا چاہے اس کے لیے مجھے مقروض ہی کیوں نہ ہونا پڑے!!

(جشن "بھارت چند کھنہ" کے موقع پر نمائش میدان پر منعقدہ تہنیتی تقریب میں یہ لکھ کر پڑھا گیا)

زندہ دلانِ حیدرآباد کے پیر و مرشد

مرزا عظمت اللہ بیگ نے اپنے ایک مضمون میں پیر کی تین قسمیں گنائی ہیں، "پتا پیر" "پتھر پیر" اور "لکڑ پیر"۔

پتا پیر وہ، جو خود تو سطحِ آب پر تیرتا رہے لیکن مرید کو تہہ آب دکھا دے۔ پتھر پیر وہ، جو خود بھی ڈوبے اور اپنے ساتھ مرید کو بھی لے ڈوبے۔ لکڑ پیر وہ، جو خود بھی تیرتا رہے اور ساتھ ہی ساتھ اپنے مرید کو بھی ساحلِ مراد تک کھینچ لائے۔

بھارت چند کھنہ صاحب کو زندہ دلان کے پیر کہنے کے بعد میں بڑی دیر تک یہی سوچتا رہا کہ آخر کھنہ صاحب کو پیر کے کس زمرے میں شامل کرلوں پتا پیر کہوں یا پتھر پیر یا پھر لکڑ پیر۔ میں اسی شش و پنج میں تھا کہ خدا نے میری مدد فرمائی اور میری نظر رسالہ "شگوفہ" میں چھپی ہوئی کھنہ صاحب کی ایک تصویر پر پڑی۔ یہ اُس زمانے کی ایک یادگار تصویر ہے جبکہ

کھنہ صاحب کا آتش جوان تھا۔ اس تصویر میں موصوف لنگوٹ لگائے، مُنہ میں سگریٹ دبائے کچھ اس انداز سے کھڑے ہیں جیسے وہ کوئی ماہر غوطہ خور ہیں اور اس بات کے منتظر ہیں کہ جیسے ہی کوئی حسینہ ڈوبتی نظر آئے گی تو فوراً سگریٹ پھینک کر چھلانگ لگائیں گے اور اس ڈوبنے والی کو بچا لائیں گے۔ ڈوبنے والی حسینہ ہی کیوں، غمِ روزگار کا ستایا ہوا شخص بھی ہو سکتا ہے۔ یوں بھی ڈوبتے کو بچانا، ہر کس و ناکس کی مدد کرنا، ہر ایرے غیرے نتھو خیرے کی خیر خیریت دریافت کرنا، کھنہ صاحب کی فطرت میں داخل ہے۔ میں یہ کہوں تو غلط نہ ہوگا کہ کھنہ صاحب "غوطہ خور پیر" کی تعریف میں آتے ہیں۔

اپنی ابتدائی ملازمت سے لے کر معتمدی اور کمشنری جیسے اعلیٰ عہدوں پر خدمات انجام دیتے ہوئے وظیفہ حسنِ خدمت پر علاحدہ ہونے تک کھنہ صاحب نے کتنے غوطے لگائے، کتنی بار ڈوبتے ڈوبتے بچے، کتنوں کو ڈوبنے سے بچایا اور کتنوں کو ساحلِ مراد تک پہنچانے میں کامیاب ہوئے؟ یہ ساری تفصیلات اور اعداد و شمار ان کا کانفیڈنشیل ریکارڈ —— (CONFIDENTIAL RECORD) ہی بتا سکتا ہے مگر مجھے یقین ہے کہ یہ ساری تفصیلات راز کی رپورٹ میں موجود نہ ہوں گی کیونکہ وہ اس انداز سے احسان کر جاتے ہیں کہ اور تو اور خود ان کے فرشتوں کو تک اس کا اندراج لینے کی مہلت نہیں ملتی۔ جہاں تک میری معلومات کا تعلق ہے وہ ان عہدیداروں میں شامل نہیں تھے جو تھوڑا سا احسان کرنے کے بعد اس کا ٹیپ ریکارڈ بجاتے پھرتے ہیں۔

کھنہ صاحب کو مٹوٹی توند والے پسند نہیں۔ پیر اگر موٹا تازہ ہو تو اس کی "پیری مریدی" کے بارے میں عجیب و غریب قیاس آرائیاں ہونے لگتی ہیں۔ اس کے برعکس ڈاکٹر یا طبیب نحیف و ناتوان ہو تو اس سے علاج کروانا گویا جان کو خطرہ میں ڈالنا ہے جو شخص اپنا علاج نہ کرسکا وہ دوسروں کا کیا علاج کرسکے گا۔ ———— اس قول کی روشنی میں کھنہ صاحب کے مُجسّے کا جائزہ لیں تو پتہ چلے گا کہ صحت کے اعتبار سے زندہ دلان کے پیر و مرشد بالکل پنکھا ہیں پنکھا! پیٹھ کچھ خمیدہ۔ پیٹ، پیٹھ کی طرف مائل پرواز۔ سر میں چاندنی کا کھیت لہلہاتا ہوا۔ پھر اس پہ طرفہ تماشہ یہ کہ ٹیڑھی مانگ کے ساتھ ساتھ سر پہ بالوں کا چھوٹا سا پھُگّا۔ یہ پھُگّا کسی زمانے میں کالا اور بڑا تھا۔ لیکن جوں جوں جوانی کی ہوا نکلتی گئی یہ پھُگّا بھی اسی مناسبت سے سائز میں چھوٹا اور رنگ میں سفید ہوتا گیا۔ مگر اب بھی اس پھُگّے میں تھوڑی بہت ہوا باقی ہے۔ دیکھئے کہ کب تک یہ پھُگّا برقرار رہتا ہے۔ چہرہ پہ ستم ہائے روزگار کی پرچھائیاں اور جھریاں۔ ناک پہ لیڈی کٹ عینک۔ آنکھوں میں شرافت کی جھلک۔ بات بات پر "ہاں صاحب!" "کیا کریں صاحب!" "جانے دیجئے صاحب!" کہنا اور میٹنگوں کو بڑی خوش دلی کے ساتھ اختتام تک پہنچانا۔

گزشتہ دنوں میں کھنہ صاحب، چند ماہ کے لیے امریکہ گئے تھے۔ سوچا کہ جب وہ وہاں سے واپس ہوں گے تو خوب موٹے تازے ہو کر آئیں گے۔ جب وہ امریکہ سے لوٹے تو انہیں دیکھ کر حیرت ہوئی۔ وہ اور بھی دھان پان قسم کے ہو گئے تھے۔ دریافت کرنے پہ پیر و مرشد

نے فرمایا "کیا کریں صاحب!" امریکہ میں ہر چیز اصلی ملتی ہے۔ یہ اسی کا نتیجہ ہے!" لوگ بیرونِ ملک جاکر کچھ اس طرح موٹے ہوکر آتے ہیں جیسے ان کے جسموں پر سر تاپا سوجن چڑھ گئی ہو یا "ہوکا" کا مرض ان میں سرایت کر گیا ہو لیکن کھنہ صاحب کی فطرت نے یہ گوارا نہ کیا کہ اپنے ملک کی اقتصادی اور معاشی حالت کی رسوائی ہو۔

ملازمت کے زمانے میں کھنہ صاحب سے صرف ایک بار نیاز حاصل کرنے کا شرف حاصل ہوا تھا۔ وہ ان دنوں معتمد گورنر آندھرا پردیش کے عہدے پر فائز تھے۔ زندہ دلان کی سالانہ تقاریب کے سلسلہ میں ان سے کچھ مشورے حاصل کرنے تھے۔ میرے دوست مصطفیٰ کمال مجھے اپنے ساتھ کھنہ صاحب کے آفس کو لے گئے۔ گرما کے دن تھے۔ سورج سوا نیزے پر تھا۔ ہمارے آنے کی اطلاع پاتے ہی کھنہ صاحب نے فوراً ہم لوگوں کو اپنے آفس میں بُلا لیا۔ کرسی سے اُٹھ کھڑے ہوئے۔ مصافحہ کے لیے ہاتھ بڑھایا۔ پھر اپنے تھرماس سے پیالیوں میں چائے انڈیلی اور پھر پیالیوں کو ہماری طرف بڑھاتے ہوئے کہا "لیجئے صاحب! شوق فرمایئے!"

زندگی میں پہلی بار ایک آئی۔ اے۔ ایس آفیسر کو اس طرح دوستانہ انداز میں پیش آتے دیکھ کر میں حیران رہ گیا۔ بات چیت کے اختتام کے بعد جب ہم باہر نکلے تو میں نے کمال صاحب سے پوچھا "کمال صاحب! وہ چائے تھی یا گرم گرم کسالہ پانی!" کمال صاحب نے میری بدذوقی پر ماتم کرتے ہوئے کہا "اصلی چائے ایسی ہی ہوتی ہے! ہم ہوٹلوں میں جسے

چائے سمجھ کر پیتے ہیں وہ در اصل شکر یا شکرین ملا ہوا گرم پانی ہوتا ہے۔"
میں نے اپنی بدذوقی پر لعنت بھیجتے ہوئے ایک اور سوال داغا
"ایرکنڈیشنڈ آفس میں بیٹھے رہنے کے باوجود کھنہ صاحب کے چہرے پر کرب کے آثار کیوں نمایاں تھے ؟"
کمال صاحب بولے " نیک بندوں کی پہچان یہی ہے کہ وہ آرام کو تکلیف جانتے ہیں اور تکلیف کو آرام !" اس کے بعد مزید کچھ پوچھنے کی ضرورت ہی باقی نہ رہی !

کھنہ صاحب کی تحریر کو دیکھنے سے پہلے تک میں اپنے آپ کو بڑا خوش نویس و خوش خط تصور کرتا تھا۔ لیکن پہلی بار جب میں نے کھنہ صاحب کی تحریر دیکھی تو دنگ رہ گیا۔ لکھتے وقت کھنہ صاحب نفاست اور نزاکت کا بڑا خیال رکھتے ہیں۔ شرافت تو اُن میں کوٹ کوٹ کر بھری ہوتی ہے۔ مجتبیٰ حسین نے "آخری شریف آدمی" کہا ہے تو غلط نہیں کہا ہے۔۔۔ نفاست، نزاکت اور شرافت کے ملنے پر جو مرکب بنتا ہے اس کا دوسرا نام "اردو تہذیب" ہے اور کھنہ صاحب اسی تہذیب کے دلدادہ ہیں۔۔۔ خوبصورت اور واضح تحریر کے بارے میں کہیں پڑھا ہے کہ جس شخص کی تحریر جتنی خوبصورت اور واضح ہوگی وہ شخص اتنا ہی کھلے اور واضح ذہن کا ہوگا۔ چھوٹی اور گنجلک تحریر کے حامل افراد پیچیدہ ذہن کے مالک اور کینہ پرور ہوتے ہیں۔ خوبصورت تحریر کے بارے میں لکھنے والے نے کوئی مثال نہیں دی تھی۔ وہ اگر کھنہ صاحب کو دیکھ لیتا تو مثال بھی پیش کرتا۔ کھنہ صاحب اگر قلم، دوات اور مسطر لے کر بیٹھ جائیں تو یومیہ

دس، پندرہ روپے بڑی آسانی سے کما سکیں۔ میں کسی کونے سے بزرگ نہیں ہوں کہ ہمارے پیر و مرشد کو یہ مشورہ دوں۔ البتہ اتنی گزارش ضرور کروں گا کہ وہ اپنے مضامین کا اگلا مجموعہ اپنی ہی ہینڈ رائیٹنگ (HAND WRITING) میں دیں تاکہ اردو کی نئی نسل اور آنے والی نسل ان کی تحریر کو دیکھ کر عبرت حاصل کر سکے اور لوگوں کو پتہ چلے کہ اگلے زمانے میں ایک کھنہ بھی تھا جو اتنی خوبصورت تحریر لکھتا تھا مگر مجھے یقین ہے کہ کھنہ صاحب کی شرافت ان سے یہ بھی نہ کروا سکے گی۔

بعض کوتاہ نظر لوگ کھنہ صاحب کو بالکل بھولا اور معصوم قسم کا آدمی سمجھتے ہیں مگر یہ غلط ہے۔ بلی اگر آنکھ بند کر کے دودھ پی رہی ہو تو یہ سمجھنا کہ وہ دنیا سے بالکل بے خبر ہے، غلط ہے۔ میں پورے اعتماد کے ساتھ کہہ سکتا ہوں کہ ہمارے پیر و مرشد اندر سے، بڑے ہوشیار ہیں۔ یہ میں اس بنیاد پر کہہ رہا ہوں کہ جو شخص اندر سے ہوشیار نہ ہو، وہ طنز و مزاح ہرگز لکھ نہیں سکتا۔ چونکہ کھنہ صاحب بنیادی طور پر طنز و مزاح نگار ہیں، اس لیے مروت سے کام لیتے ہیں تاکہ آبگینوں کو ٹھیس نہ لگ جائے۔ لوگ اس عمل کا کچھ اور ہی مطلب لیتے ہیں۔

ہمارے پیر و مرشد جمالی قسم کے ہیں۔ جلال تو آتا ہی نہیں۔ بہت ہی ہوا تو صرف کڑھ کر رہ جاتے ہیں۔ کڑھتے کڑھتے ان کا حال بھی کچھ ایسا ہو گیا ہے کہ ہمیشہ حزن و ملال کے بادل چہرے پر چھائے رہتے ہیں۔ عمر کی اس منزل پر پہنچنے کے باوجود وہ ہر چھوٹے بڑے اور ایرے غیرے سے اس طرح جھک کر ملتے ہیں جیسے یہ درس دے رہے ہوں کہ

جھک کر ملنا بڑی کرامت ہے — اس سے دنیا مرید ہوتی ہے

■■

داڑھ کی یادیں

(درد کی داڑھ ہونے کی وجہ سے داڑھ کو مذکر استعمال کیا گیا ہے۔ مصنف)

پیدائش سے لے کر موت تک ہر انسان کے ساتھ کوئی نہ کوئی بیماری لگی رہتی ہے۔ اور اگر کبھی غائب بھی ہو جائے تو پھر اچانک یوں نمودار ہو گی جیسے بیوی اپنے میکہ جا کر لوٹ آئی ہو۔ اس حقیقت کے باوجود ہمارے ایک سر پھرے دوست صمدانی کا یہ دعویٰ ہے کہ انھیں کبھی کوئی مرض لاحق نہیں ہوا۔ مگر وہ یہ بات بھول جاتے ہیں کہ ایک انسان کو کوئی مرض لاحق ہو یا نہ ہو، وہ "گیس کی بیماری" سے کسی طرح بچ نہیں سکتا۔ کیوں کہ گیس کے تعلق سے ہم نے ایک مستند ڈاکٹر، ایف۔ آر۔ سی۔ ایس (لندن) کو یہ کہتے سنا کہ ملکہ ایلزبیتھ تک گیس کی رسائی ممکن ہے۔

تو پھر بے چارے صمدانی صاحب کس شمار میں ہیں؟ — لہٰذا آپ جانتے ہیں کہ جب گیس پیٹ میں پرورش پانے لگتی ہیں تو کیا کیا اندیشے اور غلط فہمیاں پیدا نہیں ہوتیں!

اس تمہید کا مقصد یہی ہے کہ ہم بھی گیس کے مریض ہیں۔ اور پچھلے دس، سال سے ہم اس گیس کو یوں پالتے پوستے چلے آ رہے ہیں جیسے کوئی

کا عاقبت اندیش باپ اپنی نا خلف اولاد کی پرورش کرتا ہے۔ یہ گیسیں ہماری، ننھی سی جان کے لئے ہمیشہ موت کو پیشِ نظر رکھنے اور خدا کو حاضر و ناظر جاننے کے لئے کافی تھیں۔ لیکن جب ہم نے اپنی عمر کا چالیسواں سال عبور کیا تو اچانک داڑھ کے درد سے سابقہ پڑا۔ اور پچھلے تمام چھوٹے موٹے درد اس کے آگے ماند پڑ گئے۔ ہم نے اس درد کا علاج کسی ڈاکٹر سے کروانا اس لئے مناسب نہ سمجھا کہ ڈاکٹر کی دوا سے ایک مرض تو دفع ہو جاتا ہے۔ لیکن دوسرا ایک مہلک مرض اس کی جگہ لے لیتا ہے۔ اور بعض وقت تو پہلا مرض پھر عود کر آجاتا ہے۔ جب کہ دوسرا مرض مستقلاً جان ناتواں سے چمٹ جاتا ہے۔ ہم یہ بات یوں ہی نہیں کہہ رہے ہیں۔ بلکہ ہمارے پاس اس کا ٹھوس ثبوت دستاویز کی شکل میں ہمارے پیٹ پر رقم ہے، جو ایک ویدجی کے زورِ حکمت کا نتیجہ ہے۔ بچپن میں ایک ویدجی نے ہماری بڑھتی ہوئی طحال کو روکنے کے لئے ہمارے پیٹ پر 'بھلاداں' سے ایک بہت بڑا تعویذ نما نقش بنایا تھا۔ ان کی اس "شوخیٔ تحریر" کی وجہ سے طحال کا بڑھنا رکا تھا یا نہیں' یہ ہمیں یاد نہ رہا۔ البتہ اتنا ضرور یاد ہے کہ ایک بار ایک ستم ظریف طبیب نے ہمارے پیٹ کا معائنہ کرتے ہوئے اس نقش کو دیکھ کر دریافت فرمایا تھا کہ ـــــ

" نقش فریادی ہے کس کی شوخیٔ تحریر کا؟

اب تو یہ نقش ہمارے بچوں کے لئے دل چسپی اور وقت گزاری کا ایک ذریعہ بن گیا ہے۔ جب کبھی ہم دن کے وقت تھوڑی دیر ستانے کے لئے لیٹ جاتے ہیں تو ہمارے چھوٹے صاحبزادے اپنی بہن کے ساتھ مل کر ہمارے پیٹ پر بنے نقش کے خانوں میں کنکر اور بیچ جماکر" اٹھا چال کھیلنے میں

مصروف ہو جاتے ہیں۔ ہم ان سعادت مند بچوں کو اس طرح کھیلتے دیکھ کر بہت خوش ہوتے ہیں کہ چلو یہی کیا کم غنیمت ہے کہ ہمارے بچے آوارہ بچوں کی طرح گلیوں اور ریلوے پلیٹ فارم پر "اٹھا چماں" نہیں کھیلتے۔ پھر دوسرے ہی لمحہ میں ہم یہ بھی سوچنے لگ جاتے ہیں کہ اگر بالفرض دیدجی ہمارے پیٹ پر "کبڈی" کا نقشہ کھینچ دیتے تو آج ہم پر کیا گزرتی؟

دیدجی کی وہ "شوخیٔ تحریر" ہمارے ذہن پر کچھ اس طرح نقش کر گئی ہے کہ ہم آج بھی علاج و معالجہ کے معاملہ میں بڑے خائف رہتے ہیں۔ چنانچہ اپنی عمر کے اکتالیسویں سال میں جب ہم کو اچانک اپنے بائیں جبڑے کے اوپر کی داڑھ میں پہلی بار درد سے سابقہ پڑا تو ہم نے اس درد کو برداشت کرنے کی ٹھان لی۔ ویسے، ہم نے داڑھ کے درد کے تعلق سے یہ سن رکھا تھا کہ اس کا واحد علاج 'انبور' ہے۔ اور ہم میں اتنی ہمت نہیں تھی کہ دانت کے ڈاکٹر کے پاس جاکر اس داڑھ کو انبور سے اکھڑوائیں۔ اس بزدلی کا نتیجہ یہ نکلا کہ چوبیس گھنٹوں کے اندر ہی ہمارا بایاں گال پھول گیا۔ جب ہم نے آئینہ میں اپنی صورت کا جائزہ لیا تو یوں لگا جیسے ہم اپنے بائیں گال کو پھلا کر بگل بجا رہے ہوں۔ ہمیں اس طرح بگل ماسٹر بنے رہنا گوارہ تھا۔ مگر علاج کروانا ہمارے بس کی بات نہ تھی جب داڑھ نے یہ محسوس کیا ہم اس کے تعلق سے غفلت برتنے لگے ہیں تو اس نے اور بھی ستانا شروع کیا۔ لیکن ہم ٹس سے مس نہ ہوئے۔ ہماری اس بے حسی کو دیکھ کر اس نے اپنے قریبی دوستوں اور رفیقوں کو بھی ورغلانا شروع کیا۔ نتیجتاً اس کے دو قریبی دوست اس کے بہکاوے میں آگئے۔ ہمارا گال مزید پھول گیا۔ پھر بھی ہماری بے حسی میں کوئی فرق نہ آیا۔ تب اس نے

اپنی تحریک میں نہ صرف شدت پیدا کی بلکہ وسعت بھی دے دی۔ جس کا نتیجہ یہ نکلا کہ درد کی یہ تحریک پھیل کر ایک طرف گلے تک اور دوسری طرف آنکھ تک پہنچ گئی۔ پھر دیکھتے ہی دیکھتے گلے کے غدود متورم ہو گئے۔ اور پھر بائیں آنکھ بند ہونی شروع ہوئی۔ تو جناب جب کوئی مرد اپنی بائیں آنکھ بند کر کے سیدھی آنکھ کھلی رکھتا ہے تو راستہ چلتے وقت اس کی پوزیشن کتنی خطرے میں پڑ جاتی ہے! پھر داڑھی رکھ کر بائیں آنکھ بند کرنا تو اللہ کی پناہ!

جب داڑھ کا درد گلے کے غدود سے آنکھ تک پھیل کر اظہر من الشمس قسم کی نوعیت اختیار کر گیا تو ہم نے داڑھ کی اس درپردہ تحریک کو جاننے کے لئے اس سے پوچھا آخر تو چاہتا کیا ہے؟

وہ بولا "کچھ نہیں! میں صرف اعتراف خدمات کا صلہ چاہتا ہوں"!

یہ سنتے ہی ہمارے تن بدن میں آگ لگ گئی۔ ہم نے فوراً جھڑک دیا "بڑا آیا نفکار کہیں کا! نکلتا یا نہیں! دور ہو جا یہاں سے"!

ہماری جھڑکیاں سننے کے بعد وہ کچھ مایوس سا ہو گیا۔ اسے یہ امید نہ تھی کہ اس کے ساتھ اس طرح کا سلوک کیا جائے گا۔ اس کی انا کو ٹھیس لگی۔ تب اس نے آخری حربے کے طور پر عدم تعاون کی پالیسی اختیار کی۔ پھر تو ہمارے چبانے کا سارا نظام درہم برہم ہو گیا۔ ہم بھی کہاں ہار ماننے والے؟ ہم نے فوراً یہ ڈپلومیسی اختیار کی کہ چبانے کے سارے نظام کو دائیں جبڑے کی طرف منتقل کر دیا۔ گویا یوں سمجھئے کہ ہمارا جھکاؤ "بائیں" سے "دائیں" جانب ہو گیا۔ یا یوں لیجئے کہ ہم لیفٹسٹ (LEFTIST) تھے وہ پھر رائٹسٹ (RIGHTIST) بن گئے۔ اس ڈپلومیسی کے نتیجہ میں "داڑھ موصوف" بالکل مفلوج ہو گئے

داڑھ کی اس حالت کا زبان نے خوب فائدہ اٹھایا۔ وہ زبان جو پہلے اس داڑھ کے آگے دست بستہ کھڑی رہتی تھی اب دن میں کوئی دو تین سو بار ہمدردی کا لبادہ اوڑھے داڑھ کی عیادت کو جاتی اور مزاج پرسی کے پردے میں داڑھ کو ادھر سے اُدھر خوب ہلا آتی۔ کچھ ہی عرصہ میں اس نے داڑھ کے درد کو بالکل بندر کے پھوڑے میں تبدیل کر دیا۔ (بندر کو جب پھوڑا ہو جاتا ہے تو اس کی موت یقینی ہو جاتی ہے)

بالآخر ہماری لاپرواہی اور زبان کی کارستانی رنگ لا کر ہی رہی۔ ایک دن بیٹھے بیٹھے ایک زور دار چھینک جو آئی تو زبان کے دھکے کے ساتھ ہی حضرت داڑھ منہ ہی سے نکل کر زمین پر بے حس و بے حرکت جا پڑے۔

اب جب ہم یہ مضمون سپردِ قلم کر رہے ہیں تو ہمارے داڑھ کو گزرے ہوئے چالیس دن ہو چکے ہیں۔ گویا اب ہم اس کا چہلم منا رہے ہیں۔ اب ہمیں رہ رہ کر وہ داڑھ یاد آ رہا ہے۔ کتنا پیارا داڑھ تھا وہ ہمارا! اپنے میدان کا کتنا بڑا فنکار تھا وہ! سخت سے سخت چیز کو پیس کر رکھ دیتا تھا۔ کبھی اس نے عدول حکمی نہ کی۔ حلال تو حلال، حرام نوالوں کو تک وہ پیس کر رکھ دیتا تھا۔ بس اُسے صرف اپنے کام سے کام تھا۔ گویا بڑا فرض شناس تھا۔

وہ کیا گیا ہمارے چہرے کی رونق جاتی رہی۔ ہمارے دو گالوں کے درمیان وہ پہلا سا توازن باقی نہ رہا۔ ہمیں تو یوں محسوس ہوتا ہے جیسے کسی خوبصورت عمارت کا ایک پلر گر گیا ہے ہمارے دوست ہمیں دیکھتے ہی از راہ مذاق چھیڑنے لگتے ہیں۔ "اس کی اینٹیں گر رہی ہیں، یہ مکان کمزور ہے"! جب ہم بات کرتے ہیں تو یوں محسوس ہوتا ہے جیسے کسی محفوظ گودام کی روشن دان کھل گئی ہے اور اس روشن دان میں سے چڑیاں آ اور جا رہی ہیں۔ جب انواع داڑھ کی اس خلا سے

پھڑپھڑا کر نکلتے ہیں تو ہم بڑی بے بسی سے ان کا منہ تکتے رہ جاتے ہیں۔ دو ایک بار یوں بھی ہوا کہ ہم نے ادھر مضمون پڑھنا شروع کیا، اُدھر سامعین نے ہوٹنگ شروع کی۔ ہم ان سے کس طرح اپنی مجبوری و بے بسی کا اظہار کرتے کہ حضرات الفاظ کے اُلٹ پھیر کی یہ غلطی ہماری نہیں ہے۔ بلکہ ہمارے داڑھ کی محرومی نے ہمیں اس منزل کو پہنچایا ہے۔ جب کبھی ہم تقریر کرتے ہیں تو شریر بچوں کی عدم موجودگی کے باوجود ہوٹنگ کے طور پر خود بخود سیٹیاں بجتی ہیں اور لوگ تالیاں پیٹنے پر مجبور ہو جاتے ہیں۔

بہر حال اب ہم نے داڑھ کی خلا کو پُر کرنے کا ایک ذریعہ ڈھونڈ نکالا ہے ہم چاہتے ہیں کہ یادگار کے طور پر اس کا ایک مجسمہ نصب ہو اور دھوم دھام کا جشن ہو۔ لہٰذا آج ہی ہم نے ایک ڈنٹسٹ کو آرڈر دیا ہے کہ وہ اس داڑھ کا ایک خوبصورت مجسمہ تیار کرے!

جانا ہمارا اپنے وطن کو

اور

رول ادا کرنا قاضی کا!

(عرف، قصہ ایک سفر کا)

گاؤں میں ہمارے ایک دوست کی بہن کی شادی تھی۔ اور اس شادی میں ہماری شرکت ضروری تھی۔ ویسے، اگر ہم شریک نہ بھی ہوتے تو شادی کے منسوخ یا ملتوی کئے جانے کا کوئی امکان نہیں تھا۔ لیکن ہم نے اس تقریب میں شرکت کرنا اس لئے ضروری سمجھا کہ شادی کے بعد پردۂ غیب سے ہمارے خیر مقدم کے آثار شاید نمودار ہوں۔ چنانچہ ہم نے سفر کی تیاری شروع کر دی۔ دوست کا ایک سوٹ کیس مانگ لائے۔ اپنے عقدِ مسعود کے موقع پر سلائی ہوئی ٹویڈ کی شیروانی زیب تن کی جسے پچھلے بیس سال سے صرف عیدوں کے موقع پر پہنتے اور سینت سینت کر رکھتے چلے آ رہے تھے۔ ان ساری سرگرمیوں کو ہماری بیگم بڑی مشکوک نظروں سے دیکھ رہی تھیں۔ پہلے چہرے پر غضب کی بشاشت رقص کر رہی

تھی۔ بالآخر بیگم سے ہمارے چہرے کی بشاشت دیکھی نہ گئی۔ پوچھ بیٹھیں "جس چہرے پر ٹھیکرے برسا کرتے تھے، آج اس پر ملاحت کیوں کھیل رہی ہے؟ اور یہ کہاں کا ارادہ ہے؟"

پہلی بار اپنی بیگم کے منہ سے ملیح کہلائے جانے پر ہم نے جوش میں کہدیا:
"ہم جوش ملیح آبادی ہیں۔ اور اپنے معشوق سے ملنے جا رہے ہیں!"
اس جملہ پر، اگر کوئی پڑھی لکھی خاتون ہوتیں تو حضرت جوش مرحوم کی مناسبت سے فوراً انا للہ پڑھتیں۔ لیکن ہماری بیگم تو اردو شاعری اور لٹریچر سے خاصی دور رہی ہیں۔ چنانچہ جب ہم نے "ملاحت" کی مناسبت سے جوش میں "جوش ملیح آبادی" کہہ دیا تو بیگم نے ہمیں طعنہ دیا "آپ کو دیکھو اور آپ کا جوش دیکھو! پرسوں ہی دو دانت گرے تھے، پرانی دیوار کی اینٹوں کی طرح! اور اب جوش کی بات کر رہے ہیں!"

ہم نے کہا "بیگم تم دانت کو جوش سے کیوں ملاتی ہو؟ دانت کا گرنا ایک الگ بات ہے۔ اور جوش ایک الگ چیز ہے۔ دانت تو پارہ کے استعمال سے بھی جوانی میں گرنے لگتے ہیں!" بیگم نے حیرت سے کہا "اچھا تو یہ بات ہے! اب آپ پارہ کا کشتہ بھی استعمال کرنے لگے ہیں!"

ہم نے جھنجھلا کر سوٹ کو سنبھالتے ہوئے کہا "بیگم تم بات کو سمجھتی کیوں نہیں؟ میں نے ایک عام بات کہہ دی تھی جو پارہ سے منسوب ہے۔ اب رہا معشوق کا معاملہ۔ تو جانِ من عرض ہے کہ معشوق کے لئے جنس کی کوئی قید نہیں۔ اور میں جس معشوق سے ملنے جا رہا ہوں، وہ میرا دہلی ہے!"

اچھے شگون سے نکلے تھے، اس لئے وقت پر بس ملی۔ جب ہم بس سے اُترے تو ہمارے استقبال کے لئے کوئی بھی موجود نہیں تھا۔ آدم نہ آدم زاد۔ وہ ایک

چھوٹا سا بس اسٹاپ تھا۔ سوچ رکھا تھا کہ کوئی نہیں تو کم از کم ہمارے دوست ربانی صاحب . . .
تو ضرور بضرور ہمیں لینے آئیں گے۔ لیکن ہمیں بڑی مایوسی ہوئی۔ ایک تو گرما کا موسم۔ دوسرے
مئی کا مہینہ۔ دن کے دس بجے ہی سے سورج سر پر شعلے برسا رہا تھا۔ اس بس اسٹاپ سے
ہمارا گاؤں کوئی تین میل کے فاصلے پر تھا۔ اور پیدل چلنا ایک مایہ ناز ادیب کے شایان شان
نہ تھا۔ چنانچہ اِدھر اُدھر نظریں دوڑائیں تاکہ کہیں کوئی سواری نظر آئے۔ اتفاق کہیئے کہ
تھوڑے سے فاصلے پر نیم کے ایک پیڑ کی چھاؤں میں ایک شخص سستا تا نظر آیا۔ اس
کے قریب ہی ایک بیل گاڑی لینڈ کی ہوئی تھی۔ اور بیل جگالی کر رہے تھے۔ ہم نے
اس شخص کے قریب جاکر فلم "دیو داس" والے دلیپ کمار کے انداز میں پوچھا " اے
گاڑی والے! کیا ویلکٹور چلو گے؟" آرام میں خلل پاکر موٹی موٹی مونچھوں والے
گاڑی بان نے ہمیں قہر آلود نگاہوں سے دیکھا۔ ہم اپنی ساری ایکٹنگ بھول گئے۔
تب وہ اپنے لہجہ کو ملائم بناتا ہوا بولا "ذُورا! (صاحب) یہ گاڑی کرایہ پر چلنے والی
گاڑی نہیں۔ یہ تو کچرا منتقل کرنے والی گاڑی ہے!" (حالانکہ کچرے کا استعارہ ہمارے
لئے استعمال نہیں کیا گیا تھا۔ تاہم، ہم نے اپنے سراپا پر ایک تنقیدی نظر ڈالی) اب
سوائے پیدل چلنے کے کوئی اور چارہ نہ تھا۔ لیکن ایک مایہ ناز ادیب پیدل کیسے چل
سکتا تھا۔ سواری نہایت ضروری تھی۔ چنانچہ بڑی مشکل سے اُسی گاڑی بان کو
راضی کیا۔ گاڑی والے نے "شمبالو" کے درخت کی دو، تین لمبی لمبی ٹہنیاں توڑیں۔ اور پھر
ان کی مدد سے گاڑی میں دو کمانیں بنائیں۔ اور پھر اپنی پگڑی کو اتار کر ان کمانوں پر
ایک چھوٹا سا سائبان بنایا۔ اب ہم شادی میں شرکت کے بہانے، اپنا خیر مقدم کروانے
پگڑی کے سائبان تلے، کچرے کی گاڑی میں سفر کر رہے تھے۔ اس گاڑی کی حالت
اور بیلوں کی چال کو دیکھ کر اے حمید کے ایک انشائیے کا جملہ یاد آگیا۔ "گاڑی کا سب

کچھ ہلتا تھا۔ لیکن گاڑی اپنی جگہ سے نہ ہلتی تھی۔" جب تک باگ گاڑی بان کے ہاتھوں میں تنی رہتی بیل اپنی جگہ سے ہلنے کا نام تک نہ لیتے تھے۔ اور جیسے ہی وہ باگ ڈھیلی چھوڑ دیتا بیل پلٹ کر بھاگنا شروع کر دیتے۔ بیلوں کا یہ سیاسی کھیل راستہ میں کئی جگہ جاری رہا۔ خیر بڑی مشکل سے گاؤں پہونچے۔ جیسے ہی بیل گاڑی دلہن والوں کے گھر پر پہنچی تو لڑکوں کا ایک شور اُٹھا، ایک غُلغلہ بلند ہوا" قاضی صاحب آگئے! قاضی صاحب آگئے!"

اس میں بچوں کا کوئی قصور نہیں تھا۔ سارا قصور تو ہماری داڑھی کا تھا۔ فسادات میں بھی ایسی ہی صورت حال پیش آتی ہے۔ داڑھی والے کو دیکھنے کے بعد قاتل کو یہ پوچھنے کی زحمت نہیں پڑتی کہ" آپ کا اسم شریف کیا ہے؟ اور اس کا کام اس قدر آسان ہو جاتا ہے کہ وہ ایک لمحہ ضائع کئے بغیر آپ کا کام تمام کر سکتا ہے۔ ہمارا خیال ہے کہ فسادات میں داڑھی والے کا سڑک سے گزرنا گویا کلین شیو والے کے مقابلے میں زندہ رہنے کے پچاس فیصدی مواقع ضائع کرنے کے مترادف ہے۔ ہاں! تو بچوں کی آواز سن کر عورتوں نے ادھر اُدھر سے جھانکنا شروع کیا۔ کچھ عورتوں نے ہماری شان میں کچھ گستاخانہ ریمارکس بھی پاس کئے۔ اتنے میں ربانی بھاگے بھاگے مکان سے باہر آئے۔ اور قاضی کے بجائے ہمیں پاکر کچھ مایوس سے ہو گئے۔ پھر انھیں اچانک کچھ یاد آگیا۔ بولے" اچھا ہی ہوا تم ٹھیک وقت پر آگئے۔ دوپہر ہونے کو ہے۔ ابھی تک قاضی صاحب کا پتہ نہیں۔ سارے مہمان بے چین ہیں۔ شائد تمہیں قاضی بننا پڑے۔ یہاں تو کوئی ایسا آدمی نہیں جو یہ کام انجام دے سکے"۔ یہ کہکر ربانی نے ہمیں دیوان خانے میں دولہا کے قریب بٹھایا اور خود غڑاپ کے ساتھ مکان میں گھس گئے۔ ادھر ہمارے دل میں تاشے اور دھپڑے بجنے لگے۔ زندگی میں دولہا کا رول تو ادا کر چکے

تھے۔ لیکن اب قاضی کا رول ادا کرنے کی بات پر بڑی وحشت سی ہو رہی تھی۔ یوں تو قاضی بننا کوئی معیوب بات نہیں۔ یہ تو بڑا معزز اور منفعت بخش پیشہ ہے۔ دیہات کے قاضی کو تو سر آنکھوں پر بٹھایا جاتا ہے۔ یوں تو ہم نے کئی قاضی دیکھے ہیں۔ بلکہ خود اپنی شادی میں ایک قاضی صاحب کو بھی بھگت چکے ہیں جن کی عرصہ سے تلاش جاری ہے۔ لیکن اب ہم ایک ایسے قاضی صاحب کا ذکر کرنے جا رہے ہیں جو ہمارے گاؤں کی ہر شادی میں بعدِ عقد، تناول طعام کے موقع پر یہ کہا کرتے کہ کھٹے کا پرہیز ہے، صرف شوربے سے کھاؤں گا۔ اور پھر شوربے کی آڑ میں ساری بوٹیاں ہضم کر جاتے۔ دیہات کے رہنے والے یہ بخوبی جانتے ہیں کہ گاؤں میں شادی کے موقع پر بریانی اور "دم کے مرغ" کا اہتمام نہیں کیا جاتا۔ صرف بگھارا کھانا پکایا جاتا ہے اور گوشت کا سالن۔ اور پھر اس کے ساتھ کھٹی دال یا دالچہ۔ جہاں تک کھٹی دال کا تعلق ہے، وہ بگھارے کھانے کے ساتھ وافر مقدار میں مُہیا کی جاتی ہے۔ لیکن گوشت کے سالن پر کڑی نگرانی اور سخت "راشننگ" نافذ کر دی جاتی ہے۔

غریب گھرانوں کی شادیوں میں تو مہمانوں کو صرف بوٹی سونگھ کر تناول طعام سے فارغ ہونے کی نوبت آتی ہے۔ ایسے موقع پر بعض ہوشیار بزرگ بیماری کے بہانے دال کا پرہیز بتا کر کچھ زائد شوربا حاصل کر لینے میں کامیابی حاصل کرتے ہیں۔ گاؤں کی دعوتوں میں بالعموم ہوتا یہ ہے کہ ایک خرانٹ قسم کا آدمی ہر مہمان کی پلیٹ میں چمچے سے گوشت کا سالن ڈالتا چلا جاتا ہے۔ لڑکوں کی پلیٹوں میں تو صرف چمچہ جھٹک دیا جاتا ہے۔ اس عمل کو گاؤں والے "سالن اتارنا" کہتے ہیں۔ اس معاملہ میں بڑی دھاندلیاں چلتی ہیں۔ بڑی PARTIALITY برتی جاتی ہے مہمانوں کی صورتیں دیکھ دیکھ کر دوستی اور حیثیت کے مطابق سالن اُتارا جاتا ہے۔

البتہ قاضی صاحب کے سامنے بڑی عقیدت کے ساتھ گوشت کے سالن کا کٹورا رکھ دیا جاتا ہے۔ اور یہ کٹورا سارے مہمانوں کی توجہ کا مرکز بنا ہوا ہوتا ہے۔ لیکن کس مائی کے لال کی یہ مجال کہ اس کٹورے میں سے ایک بوٹی تو حاصل کر لے!؟ اگر قاضی صاحب کی بڑی نوازش ہوئی تو ان کے آزد بازو یا آمنے سامنے بیٹھے ہوئے ایک دو بزرگ مستفید ہوئے۔ ورنہ کٹورے میں کی ساری بوٹیاں قاضی صاحب کے پیٹ میں! ہاں تو ہم حق قاضی صاحب کا ذکر کر رہے تھے، ایک شادی کی دعوت میں ایک ہی دستر خوان پہ وہ ہم سے تھوڑے سے فاصلے پہ بیٹھے ہوئے تھے۔ ہمارا بچپن اور اُن کا بڑھاپا تھا۔ ان کے سامنے فرائی مٹن سے بھرا کٹورا رکھا ہوا تھا۔ اور ادھر ہماری پلیٹ میں ایک بوٹی" اتاری گئی تھی" جو ہمیں چڑا رہی تھی۔ قاضی صاحب نے بسم اللہ کہہ کر کٹورے میں سے سالن لینے کا ارادہ جو کیا تو اس میں کچھ نہیں تھا۔ چنانچہ ان کی بسم اللہ ہی غلط ہو گئی۔ فوراً حکم دیا"نعمت خورہ لاؤ!" اب اس نعمت خورہ کی فارسی ترکیب قاضی صاحب جانیں یا آپ جانیے! ہمیں تو اتنی فارسی نہیں آتی۔ ہم وہ سارا منظر دیکھ رہے تھے۔ اس فارسی ترکیب پر بطور پری کاشن (PRECAUTION) منتظمین نے ایک دوسرے کے چہرے کو دیکھا۔ ترسیل کا المیہ پیدا ہو گیا تھا! آنکھوں آنکھوں میں کچھ اشارے ہوئے۔ ان اشاروں کی زبان کو سمجھنے کھنے تک ادھر کٹورا کبھی کے صاف ہو چکا تھا۔ ایک لائق و فائق منتظم نے بڑی دور کی کوڑی لائی۔ اپنے ماتحت کو سمجھایا"نعمت خورہ کا مطلب ہے بوٹیوں سے بھرا ہوا کٹورا۔" فوراً حکم کی تعمیل کی گئی۔ لیکن اس بار بھی قاضی صاحب کا نعمت خورہ کٹورے میں موجود نہیں تھا۔ قاضی صاحب نے پھر حکم صادر فرمایا کہ"نعمت خورہ لاؤ" وہی صاحب

بھاگے۔ ہم تو یہ سمجھ بیٹھے تھے کہ اب کی بار منتظم صاحب معہ نعمت خورہ اندر کہیں روپوش ہو جائیں گے۔ لیکن ان کی بھی داد دینی پڑی۔ کٹورا تو وہ ضرور لائے تھے۔ لیکن چال میں وہ پہلی سی پھرتی نہ تھی اور کٹورے میں سالن کی مقدار یہ بتا رہی تھی کہ اب "نعمت خورہ" قریب الختم ہے۔ جب پانچویں بار بھی قاضی صاحب نے وہی نعمت خورہ کی رٹ لگائی تو ایک منتظم صاحب نے کہا "قاضی صاحب نعمت خورہ تو کبھی کا ختم ہو گیا اب صرف خالی دیگچی باقی رہ گئی ہے۔ حکم ہو تو اسے بھی پیش کر دوں!" تب قاضی صاحب نے خالص اردو میں فرمایا کہ "اجی حضت! نعمت خورہ کا مطلب ہے "چمچہ" کاش کہ پہلے ہی اس کا مطلب پوچھ لیا ہوتا تو یہ نوبت نہ آتی!"

خیر! اب آپ نعمت خورہ والے قاضی صاحب کو چھوڑ دیئے۔ اب ہمارے قاضی بننے کا حال سن لیجئے۔ گیارہ سے بارہ بج گئے۔ لیکن قاضی صاحب کا کوئی پتہ نہ تھا۔ اِدھر مہمانوں کا بھوک سے بُرا حال ہو رہا تھا۔ ہمارے قاضی بننے کے امکانات روشن سے روشن تر ہوتے جا رہے تھے۔ اتنے میں کسی نے کہا کہ قاضی صاحب آگئے۔ ہماری جان میں جان آئی۔ چند آدمی قاضی صاحب کی پیشوائی کے لئے دوڑے۔ انھیں لاکر (بلکہ لادکر) دولھا کے قریب بٹھایا گیا۔ قاضی صاحب نے اپنا بستہ کھولا اور سیاہہ نامہ نکالا۔ لیکن جب سیاہہ نامہ کی خانہ پُری کی نوبت آئی تو معلوم ہوا کہ قاضی صاحب کو اردو نہیں آتی۔ ہم نے کہا "اگر اُردو نہ آتی ہو تو تلگو میں خانہ پُری کریں۔" جواب جو ملا اس کا مفہوم یہی تھا کہ تلگو میں بھی ایضاً ایضاً۔ ہم نے کہا "پھر تو انگریزی میں خانہ پُری کیجئے۔" انکشاف ہوا کہ انگریزی میں بھی ایضاً ایضاً۔ ان سارے حیرت انگیز

انکشافات پر ہم قاضی صاحب کا منہ تکنے لگے۔ تب اُنہوں نے وضاحت فرمائی کہ اصل قاضی صاحب مستقر کی شادیوں میں مصروف ہیں۔ جب ان کی تشریف آوری کے بارے میں دریافت کیا گیا تو پتہ چلا کہ صاحب موصوف نائب قاضی کی تعریف میں آتے ہیں۔ اور صرف دستخط کرنا جانتے ہیں۔ انہوں نے ہم سے خواہش کی کہ سیاہہ نامہ کی خانہ پری کریں۔ سیاہہ نامہ کی خانہ پری کرنا کوئی مشکل کام نہیں۔ سو ہم نے اس کی خانہ پری کر دی۔ اور قاضی صاحب نے اپنے دستخط ثبت کیئے۔ اس کے بعد ایجاب و قبول کا مرحلہ درپیش تھا۔ ہمیں اختلاج سا ہونے لگا۔ آپ تو جانتے ہی ہیں کہ ایجاب و قبول میں اسم عاقد، اسم عاقدہ، بنت، وکالت، مہر معجل یا موجل وغیرہ کچھ اس طرح تسلسل سے لانے پڑتے ہیں جیسے قصیدہ میں تشبیب بعد گریز اس کے بعد مدح، اور پھر اس کے بعد دُعا لانا ضروری ہو جاتا ہے۔ ورنہ سارا مطلب و مفہوم ہی غارت ہو جائے۔ بہرحال کچھ ہو، ہم نے جوں توں ایجاب و قبول کروایا۔ ہم نے کیا کہا، دولھانے کیا سُنا، کس نے کس کو قبول کیا، اللہ ہی جانے! جب اس مرحلہ سے بھی گزر گئے تو خطبۂ نکاح کی منزل آئی۔ قاضی صاحب نے بڑا آسان کام یہ کیا کہ زیورِ طبع سے آراستہ خطبے کی ایک کاپی ہمارے خدمت میں پیش کر دی۔ ہم نے سوچا اب بہت ہو گیا۔ چھوٹی انگلی کے اشارے سے چھوٹی مزدوت کا بہانہ تراش کر فوراً بھاگ نکلنا چاہیئے۔ مگر بھاگتے کدھر سے؟ فرار کے سارے راستے مسدود تھے۔ اس سے آپ ہرگز یہ نہ سمجھیں کہ ہمیں عربی نہیں آتی۔ ہمیں اتنی عربی تو آتی ہے کہ دیکھ کر پڑھ سکیں اور قبر میں منکر و نکیر کے سوالات کے جوابات دے پائیں۔ لیکن تنہائی میں عقیدت میں ڈوب کر آگے پیچھے ہلتے ہوئے پڑھ لینا ایک الگ بات ہے اور سارے حاضرین کے روبرو و بہ بانگِ دہل پڑھنا بڑے دل گردہ کی بات ہے۔

——— آپ اردو میں "موسِم" کو "موسَم" پڑھ کر یہ جواز پیدا کر سکتے ہیں کہ یہ غلط العوام فصیح ہے۔ اور "سمَت" کو "سِمت" پڑھ کر قائل کرا سکتے ہیں کہ یہ غلط العام فصیح ہے، لہٰذا جائز ہے۔ ———

——— اردو میں شاعروں کی بہتات اسی "غلط العوام فصیح" اور "غلط العام فصیح" کی رعایتوں کا نتیجہ ہے۔ لیکن عربی میں آپ اس طرح کا جواز پیدا کر دیں تو ہو سکتا ہے کہ خدا معاف کر دے، مگر علماء آپ کو بخشیں گے نہیں۔ چنانچہ اسی اندیشہ کے پیشِ نظر ہم نے معذرت چاہتے ہوئے کہا "حاضرین! خدارا آپ ہمارا اس طرح امتحان نہ لیجئے۔ آپ کا تو کچھ نہ بگڑے گا۔ ہم پکڑے جائیں گے اور علماء کے سامنے ہمارا کورٹ مارشل ہوگا۔ اگر آپ ہمارا امتحان لینا ہی چاہتے ہیں تو اردو میں لیجئے۔ ابھی ادبی اجلاس کنڈکٹ کر کے دکھا دیں گے۔ "جناب صدر، جناب صدر" کی مسلسل رٹ لگائیں گے۔ خواتین و حضرات کہہ کر دکھا دیں گے۔ اگر مصرعہ اُٹھانے کے لئے کہا جائے تو (پیٹ میں کچھ نہ ہونے کے باوجود بھی) وہ بھی کر کے دکھا دیں گے۔ حتیٰ کہ شعر کی تقطیع تک کر کے یہ بتلا دیں گے کہ کونسا شعر بحر سے خارج ہے اور کس شاعر کو شاعری کے رجسٹر سے خارج کر دینا چاہیئے" لیکن کسی نے بھی ہمارے عذر کی سماعت نہ فرمائی۔ جب یہ تیر بھی نشانہ پر نہ بیٹھا تو ہم نے ادباً گزارش کی کہ ہمیں کم از کم آدھے گھنٹے کا موقع عطا فرمائیں تاکہ ہجّے درست کر کے رواں پڑھنے کی مشق کر لیں۔ ہماری یہ گزارش بھی صدا بصحرا ثابت ہوئی۔ اب ایک آخری حربہ عذرِ شرعی کا باقی رہ گیا تھا۔ چاہا کہ برملا کہہ دیں کہ "طہارت سے نہیں ہوں"! لیکن داڑھی رکھ کر جھوٹ بولنے کے تصور سے کانپ گئے۔ ویسے ہم اتنا

ضرور جانتے ہیں کہ ایجاب و قبول اور خطبہ نکاح کے موقع پر کوئی بھی شخص یہ جاننے کی زحمت گوارہ نہیں کرتا کہ قاضی صاحب کیا پڑھ رہے ہیں اور نوشہ کو کیا پڑھایا جارہا ہے۔ بچوں اور نوجوانوں کی نظریں تو بادام، مصری، اور کھجور کی پوٹلی تھامے ہوئے شخص پر رہتی ہیں۔ شادی شدہ جوڑوں کو "حجلۂ عروسی" یاد آتا ہے۔ چنانچہ وہ گھر پہنچنے کے بعد پھر سے حجلۂ عروسی کا اہتمام کر لیتے ہیں۔ ہم نے بوڑھوں کو تک محفل عقد سے واپس ہوتے ہوئے اپنی بیگمات کے لئے پھول خریدتے اور اپنے ہی مبارک ہاتھوں سے ان کے بالوں میں سجاتے دیکھا۔ یہی نہیں، بعض بزرگ تو اپنے حجلۂ عروسی کی مہمات اور فتوحات کو کچھ اس انداز سے بیان کرتے ہیں کہ اگر ان کی بیگمات سن لیں تو فوراً اپنے شوہروں سے خلع لے لیں!

خیر، جب اہتمام محبّت کے سارے مراحل طئے پا چکے تو ہم کھڑے ہوگئے۔ کچھ نوجوانوں نے اپنے سروں پر دستیاں اوڑھ لیں۔ اور کچھ ہپّی ہیرکٹ اسٹائل نوجوانوں نے اپنی گردنیں جھکالیں۔ اِدھر ہم پر ایک عجیب قسم کی کیفیت طاری تھی۔ دل میں آیا کہ پھوٹ پھوٹ کر رودیں۔ لیکن یہ رونے کا مقام نہیں تھا۔ ہم نے مطبوعہ خطبہ پر ایک نظر ڈالی۔ ایک عجیب طرح کا خوف طاری تھا کہ اگر تلفظ کی غلطی سے ساری دعاؤں کا مطلب غلط ہوجائے تو حشر میں شرمسار ہونا پڑے گا۔ اسی شرمساری کی کیفیت میں ہمارے منہ سے بیساختہ یہ کلمہ نکلا "ربّنا!"

چند آوازیں سنائی دیں "آمین!"

ہم نے فوراً گھبرا کر کہا "ابھی "آمین" کا وقت نہیں آیا!"

جواب میں سنائی دیا" آمین!"
ہم نے جھٹ کہا" ارے خدا کے بندو سمجھتے کیوں نہیں!؟"
بہت ساری آوازیں بلند ہوئیں "آمین! ثم آمین!"

ہم نے سوچا کہ اب حاضرین محفل کو سمجھانا گویا آسمان کے تارے توڑ لانے کے برابر ہے۔ چنانچہ ہم نے اپنی ساری قوت، قوت گویائی پر صرف کردی اور اللہ کا نام لے کر جو پڑھنا شروع کیا تو پتہ ہی نہ چلا کہ خطبہ کب ختم ہوا۔ دیکھا تو دولھا میاں قاضی صاحب کے پیٹ میں سر دینے کے لئے بڑے بے قرار نظر آرہے تھے۔ لیکن ادھر قاضی صاحب اپنی فیس، سوا کیلو چاول اور پانچ مٹھی بادام، مصری اور کھجور کو اپنے بستے میں باندھنے کی تیاری کر رہے تھے۔ میں لوگوں کی بھیڑ کو چیرتا اور دھکے کھاتا باہر نکل آیا۔ میری آنکھوں سے آنسو نکل پڑے۔ میں نے ان آنسوؤں کو بڑے اہتمام کے ساتھ اپنے دامن میں جذب کیا اور بڑی دیر تک یہی سوچتا رہا کہ ان آنسوؤں کو کیا نام دوں!؟

☐☐

("آدمی نامہ" کی اشاعت کے موقع پر مجتبیٰ حسین کے اعزاز میں اعدہال میں منعقدہ تہنیتی تقریب میں یہ خاکہ پڑھا گیا)

مجتبیٰ حسین کی کہانی
کچھ میری کچھ طالب علم کی زبانی

آج سے کوئی چھ، سات برس پہلے میں نے مجتبیٰ حسین پر خاکہ لکھا تھا جس کا عنوان تھا "کالا بچھو" خاکہ بے حد پسند کیا گیا۔ لیکن مجتبیٰ حسین کو عنوان پسند نہیں آیا تھا۔ میں کئی دنوں تک منہ چھپاتا پھرتا رہا۔ میں تو اس بات کا قائل ہوں کہ اردو کے کسی ادیب یا شاعر کے بارے میں اس کی زندگی میں اس پہ خاکہ نہیں لکھنا چاہیئے۔ میں تو یہاں تک کہوں گا کہ زندہ شاعر اور ادیب کے بارے میں کچھ بھی نہیں لکھنا چاہیئے کیونکہ اردو کا ہر شاعر اور ادیب اپنے آپ کو "عظیم" سے کم تر سمجھتا ہی نہیں۔ ممتاز مزاح نگار یوسف ناظم نے اپنے ایک مضمون میں کہیں لکھا ہے کہ "اردو میں آج تک کوئی چھوٹا شاعر پیدا نہیں ہوا۔" جب صورتِ حال ایسی ہو تو خاکہ نگاری سے بچنا ضروری ہو جاتا ہے مگر مجبوری کیا کچھ نہیں کرواتی۔

یہاں میں اس بات کی وضاحت کردوں کہ یہ خاکہ مجتبیٰ حسین پر لکھے ہوئے میرے پہلے خاکے کا دوسرا ایڈیشن نہیں ہے کیونکہ مجتبیٰ حسین کے بارے میں لکھنا میرے لیے کوئی مشکل کام نہیں۔ میں نے انھیں بہت قریب سے دیکھا ہے اور قربت بھی اتنی کہ میں ان پر آسانی سے پی ایچ ڈی کی ڈگری کے لیے مقالہ لکھ سکتا ہوں مگر مجبوری یہ ہے کہ میں ایم اے نہیں ہوں اور آپ تو جانتے ہی ہیں کہ پی۔ ایچ۔ ڈی کی ڈگری لینے کے لیے ایک آدمی کا ایم۔ اے ہونا نہایت ضروری ہے۔ اگر کوئی صاحب مجتبیٰ حسین پر ریسرچ کر کے پی۔ ایچ ڈی کی ڈگری لینا چاہیں تو ان کے لیے اس ناچیز بندے کی خدمات حاضر ہیں۔

ع کیا خوب سودا نقد ہے، اس ہاتھ دے اس ہاتھ لے

مجتبیٰ حسین، میری سب سے بڑی کمزوری ہیں۔ وہ میرے عزیز ترین دوست ہیں۔ وہ جس محبت سے میرے ساتھ پیش آتے ہیں، اس کی بنیاد پر میں انھیں اپنا بڑا بھائی سمجھتا ہوں۔ حالانکہ عمر میں، میں اُن سے تین سال بڑا ہوں (کم از کم عمر میں تو ان سے بڑا ہوں) میں انھیں عقیدت کی حد تک چاہتا ہوں۔ فن، سادگی اور عجز و انکسار مجھے کسی ادیب یا شاعر میں یکجا نظر آتے ہیں تو میں اس کی بڑی عزت کرنے لگ جاتا ہوں یہ میری مجبوری نہیں ہے بلکہ میرے بزرگوں نے مجھے یہی سکھایا ہے اور کتابوں میں یہی پڑھا ہے۔ مجتبیٰ حسین کی شخصیت میں یہ تینوں چیزیں کوٹ کوٹ کر بھری ہوئی ہیں۔ چنانچہ مجتبیٰ حسین سے میری محبت کو دیکھ کر میرے دوست مصطفےٰ کمال نے ایک ریمارک پاس کیا تھا "مسیح انجم

اپنی بیوی کو چھوڑ سکتے ہیں لیکن مجتبیٰ حسین کی دوستی نہیں چھوڑ سکتے!" شکر ہے کہ یہ بات میری بیوی تک نہیں پہنچی ورنہ ازدواجی تعلقات میں بڑی گڑبڑ ہو جاتی۔

یہ جو مجتبیٰ حسین، شہ نشین پر تشریف فرما ہیں، کئی کمزوریوں کا مجموعہ ہیں۔ ان کی سب سے بڑی کمزوری شہر حیدرآباد ہے۔ جانے کو تو مجتبیٰ حسین دہلی چلے گئے ہیں لیکن ان کا دل یہیں کہیں اٹکا ہوا ہے۔ وہ اپنے ہر خط میں یہاں کے ادیبوں اور شاعروں اور شہر کے مختلف ہنگاموں کے بارے میں دریافت کرتے رہتے ہیں حتیٰ کہ اپنے دشمنوں کا تک ذکر کچھ ایسے دل نشیں انداز میں کرتے ہیں کہ خوامخواہ ان سے دشمنی مول لینے کو جی چاہتا ہے۔ میں ان کے بعض خطوط کا جواب گول کر جاتا ہوں۔ آخر میں کتنے خطوں کا جواب دوں؟ پیشے کے لحاظ سے ٹیچر ہوں اس لیے بعض خطوں کا جواب دے دیتا ہوں۔ اردو میں مضامین لکھ کر گزارا کرنا میرا پیشہ ہوتا تو ان کے ایک خط کا بھی جواب نہ دے پاتا۔ اب کی بار حیدرآباد آنے سے پہلے مجتبیٰ حسین نے اپنی آمد کے بارے میں خط لکھا تھا۔ اس میں ایک جملہ یہ بھی تھا کہ "حیدرآباد میری طاقت ہے!" میں حیران رہ جاتا ہوں کہ آخر وہ طاقت کہاں ہے اور کس طرح ملتی ہے؟ کہیں یہ طاقت وہ دعوتیں تو نہیں جو انھیں دی جاتی ہیں۔ مجھے حیرت ہوتی ہے کہ ان کے دشمن بھی ان کی ضیافتیں کرنے سے باز نہیں آتے میں سمجھتا ہوں کہ ان کے موہنی چہرے پر رقص کرنے والا "کالا جادو" ہی دشمنوں سے یہ تمام چیزیں کرواتا ہے۔

حیدرآباد کے بعض ادیبوں کا خیال ہے کہ دہلی جانے کے بعد مجتبیٰ حسین بڑی اچھی زبان لکھنے لگے ہیں۔ اس بیان سے میرا متفق ہونا کوئی ضروری نہیں۔ میں ابتدا ہی سے ان کے طرزِ نگارش اور شستہ زبان کا معترف رہا ہوں۔ میرے اس بیان کی تصدیق کے لیے اس دور کے معتبر نقاد شمس الرحمٰن فاروقی کی وہ رائے کافی ہوگی جو انہوں نے مجتبیٰ حسین کی پہلی کتاب "تکلف برطرف" کے بارے میں دی تھی۔

"ایسا لطیف مزاح اور ایسی شستہ زبان اردو میں آج شاذ ہی کسی کو نصیب ہو۔" اب اس سے بڑی سند اور کیا چاہیئے۔

اگر کوئی مجھ سے یہ پوچھے کہ مجتبیٰ حسین نے دہلی جاکر کیا کمال حاصل کیا؟ تو میرا جواب ہوگا کہ مجتبیٰ حسین نے صرف مشاعروں میں داد دینے اور مصرعے کو اٹھانے کے فن میں کمال حاصل کیا ہے۔ اب تو ان کی داد شاعروں کے لیے "سند" کا درجہ اختیار کر گئی ہے۔ اس کا مطلب یہ نہیں کہ جن دنوں مجتبیٰ حسین حیدرآباد میں تھے تو وہ داد دینے اور مصرعے کو اٹھانے کے رموز سے واقف نہیں تھے۔ واقف تو تھے۔ لیکن مصرعے کو اٹھانے کے بجائے شاعر کو مشاعرے سے اٹھا دیتے۔ اور کہتے "چلو! بہت ہوا! ہوٹل میں کھانا کھلاؤ، اور چائے پلاؤ آخر مصرعے کو اٹھانے کے لیے پیٹ میں کچھ ہونا بھی تو چاہیئے!"

دہلی جانے کے بعد مجتبیٰ حسین نے "آئینہ" کو "شیشہ" اور "موز" کو "کیلا" کہنا شروع کیا ہے۔ مگر میں یہ کہتا ہوں کہ جب تک وہ دہلی میں رہیں ضرور کہیں۔ لیکن حیدرآباد آتے وقت تو

کم از کم "شیشہ" اور "کیلا" وہیں چھوڑ آئیں۔ یہ بات انھیں یاد نہیں رہتی جس کے نتیجہ میں وہ عجیب و غریب سچویشن (SITUATION) پیدا کر لیتے ہیں۔ پرسوں ہی کی بات ہے کہ وہ اپنے چچازاد بھائی کے گھر میں بیٹھے شیو کرنے کی تیاریاں کر رہے تھے۔ انھیں آئینے کی ضرورت تھی۔ جھٹ اپنی بھتیجی سے پوچھا "شیشہ" کہاں ہے؟ وہ حیرت سے مجتبیٰ کا منہ تکنے لگی۔ گویا پوچھ رہی ہو کونسا شیشہ؟" اس سے پہلے کہ میں "شیشہ" کا آسان اُردو ترجمہ اردو میں کرتا مجتبیٰ کو فوراً اپنی غلطی کا احساس ہوا۔ وہ جھینپ سے گئے کہ میں نے خواہ مخواہ حیدرآباد کی ایک ننھی منی سی جان پر "دہلی" کو مسلط کر دیا۔ میں صرف مسکرا کر رہ گیا۔ مجتبیٰ نے جب "آئینہ" کہا تو لڑکی کی جان میں جان آئی اور اس نے "شیشہ" کی نشاندہی کر دی۔

قواعد اردو میں علامت فاعل "نے" کو بڑی اہمیت حاصل ہے۔ یہ "نے" اُردو تحریر میں تو بڑی نزاکت پیدا کرتا ہے، مگر بول چال میں بڑی رکاوٹ بن جاتا ہے۔ اسی "نے" کی وجہ سے گفتگو کا سارا مزہ کرکرا ہو جاتا ہے۔ اسی "نے" نے "شمال کے اردو والے" ــ اور "جنوب کے اردو والے" جیسی اصطلاحوں کو جنم دیا ہے۔ دہلی جانے کے بعد مجتبیٰ حسین کو اسی "نے" سے نپٹنا پڑا تھا چنانچہ اب وہ بہت زیادہ "نے" بولنے لگے ہیں۔ مجھ سے بات کرتے وقت اسی "نے" سے اپنی دھونس جمانے لگتے ہیں۔

حیدرآباد سے دہلی کو منتقل ہونے کے بعد مجتبیٰ حسین نے پہلا خط مجھے

ہی لکھا تھا۔ اس خط میں ایک جملہ یہ بھی تھا کہ "میں ذرا پھیلنا چاہتا ہوں۔ جب میں ذرا پھیل جاؤں گا تو سکڑ کر اپنے مرکز کی طرف واپس آجاؤں گا"

اُدھر مجتبیٰ حسین "پھیلنے" کے لیے دہلی چلے گئے تو ادھر اردو والوں نے ان کی غیر حاضری سے فائدہ اٹھا کر ان کا ایک مضمون "ناز اٹھانے کو ہم رہ گئے ڈاکٹروں کے!" انٹرمیڈیٹ کی اردو ٹکسٹ بک میں شامل کر دیا۔ اگر اردو والوں سے یہ غلطی بہت پہلے ہی سرزد ہو جاتی تو مجتبیٰ حسین دہلی جانے کی غلطی کیوں کرتے؟ یہیں مضامین لکھ لکھ کر رائلٹی وصول کرتے۔ اردو والے کسی ادیب کے غیاب میں فائدہ اٹھانے کے ہنر کو خوب جانتے ہیں۔ خیر یہ تو ایک جملۂ معترضہ تھا۔ مجتبیٰ کے مضمون کی شمولیت پر ہم کو جو خوشی ہونی تھی سو ہوئی۔ لیکن اس خوشی پر گھڑوں پانی اس وقت پڑ گیا، جب ہمارے کالج کے ایک طالب علم نے ہم سے خواہش کی کہ ہم مجتبیٰ حسین کے اس مضمون کو پڑھیں، سمجھائیں اور پھر سوالات کے جوابات بھی لکھیں۔ ہم نے طالب علم کو سمجھانے کی بہت کوشش کی اور عذر بھی یہ پیش کیا کہ "میاں! ہم تو زبان دوم تلگو پڑھانے کے لیے مقرر کیے گئے ہیں۔ اس طرح اردو میں ہمارا امتحان لینا کچھ مناسب نہیں۔ اگر ہم اردو سمجھانے بیٹھ جائیں تو کچھ کا کچھ ہو جائے گا اور جوابات میں مزاح نگاری کے جراثیم تو دروازے سے گھس آئیں گے اور تم نہیں جانتے، ممتحنوں کو مزاح سے کتنی چڑ ہوتی ہے اور وہ کتنے نک چڑھے ہوتے ہیں کیونکہ ایک تو وہ گائیڈوں کی مدد سے اسباق پڑھاتے ہیں اور دوسرے "KEY" کی مدد سے پرچے

جانچتے ہیں۔ اگر اس پر بھی تمہارا اصرار ہے تو لکھو لیے کتاب اور بسم اللہ شروع ہو جایئے لیکن یاد رہے کہ کامیابی کی گیارنٹی نہیں دی جائے گی۔

اس معقول عذر پر بھی اس نامعقول طالب علم سے چپ نہ رہا گیا۔ اور فوراً پہلا سوال داغ بیٹھا

"آپ مجتبیٰ حسین کو کب سے جانتے ہیں؟"

اس سوال کا جواب دینے کے بجائے جواباً ہم نے خود ایک سوال اس لڑکے سے پوچھا "کیا تم مجتبیٰ حسین کا نام صحیح صحیح لکھ کر بتا سکتے ہو؟ کیونکہ ان کا دعویٰ ہے کہ آج کی اردو نسل ان کا نام صحیح نہیں لکھ سکتی!"

وہ اس چیلنج کو قبول کرتے ہوئے جھٹ بولا: "یہ تو بڑا آسان سوال ہے! میں ابھی ان کے نام کی اسپیلنگ (SPELLING) کیے دیتا ہوں میم جیم پیش "مج" تے زبر "تا" "مجتا" بے زبر "با" "مج تبا"

ہم نے اردو اور مجتبیٰ حسین کے نام کی مٹی پلید ہوتے دیکھ کر ایک آہ سرد بھری "آہ! مجتبیٰ آپ کا دعویٰ صحیح ہے! ہم بھی مان گئے!"

پھر ہم نے اس لڑکے سے اگلا سوال پوچھنے کے لیے کہا۔ وہ بولا "آپ نے میرے پہلے سوال کا جواب نہیں دیا!"

ہم نے کہا "پہلا سوال بہت ہی (PERSONAL) قسم کا ہو گیا ہے بچوں کو چاہیئے کہ وہ بڑوں کے شخصی معاملات میں دخل نہ دیں! تب اس نے دوسرا سوال پوچھا "مجتبیٰ حسین کے حالات زندگی کے بارے میں ذرا تفصیل سے بتایئے کیونکہ امتحان میں حالات زندگی ذرا تفصیل سے پوچھے

جاتے ہیں اور اس سوال کے نمبرات بھی زیادہ مقرر کیے جاتے ہیں۔"
اس آسان سوال پر خوش ہوتے ہوئے ہم نے کہا " مجتبیٰ حسین کے حالاتِ زندگی کے بارے میں ذرا کیا بہت ہی تفصیل سے بتاؤں گا لیکن تفصیلات جمع کرنے والے کبھی کسی ادیب یا شاعر کے حالات زندگی کو سمجھنے اور حل کرنے کی جانب توجہ نہیں دیتے چنانچہ یہی وجہ ہے کہ اردو کے نصاب میں صرف مُردہ ادیبوں اور شاعروں کو جگہ دی جاتی ہے۔!"
" خیر سُنو! مجتبیٰ حسین کے آباو اجداد ایران کے رہنے والے تھے اور درّہ خیبر کے راستے سے ہندوستان آئے تھے۔ ان دنوں پاسپورٹ اور ویزا کی کوئی قید نہیں تھی۔ جہاں جی چاہا چلے جایئے اور وہیں کے ہو رہیئے، چنانچہ مجتبیٰ حسین کے آبا واجداد ہندوستان آئے اور یہیں کے ہو رہے۔ مجتبیٰ حسین کے پیدا ہونے کے بعد ہندوستان میں راشننگ اور فیملی پلاننگ نافذ ہوگئی چنانچہ انھوں نے اپنی درۂ خیبر سے واپس جانے کا ارادہ کر لیا لیکن ان کے ارادہ کرنے اور دوستوں سے سامانِ سفر مانگنے مانگنے تک بہت دیر ہوگئی اور درّہ خیبر کہیں اور چلا گیا لہٰذا وہ انتقاماً مزاح نگار بن گئے۔ قدرت کو یہی منظور تھا کہ اردو کا یہ مقبول اور منفرد مزاح نگار ہندوستان ہی میں رہے۔ چونکہ مجتبیٰ حسین نے ارادہ کرنے میں بڑی دیر کی تھی، اس لیے انھوں نے اس کی تلافی کے لیے "عجلت" کو اپنا شعار بنالیا۔ اب وہ ہمیشہ عجلت میں رہتے ہیں۔ اسی عجلت میں ان کی شادی ہوئی ــــ اسی عجلت میں انھوں نے بچے پیدا کئے ــــ اسی عجلت میں انھوں نے مزاح نگاری کا آغاز کیا۔ اسی عجلت میں انھوں ــــ نے

دھڑا دھڑ مزاحیہ مضامین لکھے۔ اِسی عجلت میں ان کی کتابیں چھپیں۔ اسی عجلت میں وہ مشہور مزاح نگار بن گئے۔ اسی عجلت میں وہ دہلی منتقل ہو گئے اور اسی عجلت میں وہ دہلی جیسے بڑے شہر میں افواہ کی طرح پھیل گئے۔ اب خارجاً مسموع ہوا ہے کہ وہ پھر دہلی سے جاپان کو پرواز کرنے کے ارادے سے اپنے پَر تول رہے ہیں اس کے باوجود وہ خط میں لکھتے ہیں کہ "عجلت" نے مجھے کچھ نہیں دیا۔ آخر مبالغہ کی بھی ایک حد ہوتی ہے!"

جب طالب علم نے عجلت کے بارے میں اتنے سارے فائدے سُنے تو اس نے بھی عجلت میں ایک اور سوال پوچھا:

مجتبیٰ حسین کے حُلیے کے بارے میں بتائیے۔ کیونکہ حُلیے کی تفصیل کتاب میں درج نہیں ہے!"

لڑکے نے چونکہ ہماری اپنی پسند کا سوال کیا تھا، اس لیے جواب بھی تفصیل سے دینا پڑا۔

"مجتبیٰ حسین کے حلیے کو بیان کرنا، قلم کو ایک بہت بڑی زحمت دینا اور فرہنگ آصفیہ کے جدید ایڈیشنوں کے الفاظ و محاورات کو ضائع کرنا ہے۔ ان کے چہرے کو سمجھنے کے لیے "طوطا پری آم" کو دیکھنا نہایت ضروری ہے ورنہ چہرہ سمجھ میں نہ آئے گا۔ ناک معقول سی ہے۔ ہونٹ پتلے پتلے ــــ لیکن یہ ہونٹ، ناک اور ٹھڈی سے ٹھیک ٹھیک زاویہ قائمہ بناتے ہوئے نوّے ڈگری پر تقسیم نہیں ہوتے نچلا ہونٹ، اوپری ہونٹ کو پکڑنے کی علّت میں کسی قدر سیدھی جانب ٹیڑھا ہو گیا ہے۔ ان کا چہرہ اسکرین فیس (SCREEN FACE) کی

تعریف میں آتا ہے۔ تصویر بڑی خوب صورت چھپتی ہے۔ پتہ نہیں فلم انڈسٹری میں کیوں نہیں گئے۔ شاید انھیں اس بات کا اندازہ ہو کہ فلم کی ہیروئن انھیں دیکھتے ہی فلم میں کام کرنا چھوڑ دے گی۔ ان کو ہمارا یہ مشورہ ہے کہ وہ اپنی تصویر چھپوانے سے پرہیز کریں۔ سیدھا پاؤں کسی قدر پھینک کر چلتے ہیں آخر پھینکنے کے لیے بھی تو کوئی چیز چاہیئے نا! بائیں ہاتھ کو کھیکڑے کے پیر کی طرح کسی قدر اکڑائے رکھتے ہیں اور لکھتے وقت کاغذ کو بالکل اُسی طرح پکڑتے ہیں جس طرح کھیکڑا اپنی غذا کو پکڑتا ہے چند دن پہلے خبر ملی تھی کہ اُن کو اسکوٹر کا حادثہ پیش آیا ہے۔ ہمارے دل نے پکارا "ہائے مجتبیٰ! آپ کا رہا سہا حلیہ بھی بگڑ گیا!" بڑا دکھ ہوا۔ ہم نے ان کی صحت کے لیے دعائیں مانگیں اور کیا ـــــ کیا، یہ نہیں بتائیں گے۔ اس حادثے کے فوری دو تین دن بعد "سیاست" میں ان کی تصویر چھپی تھی۔ ہم نے بڑے غور سے دیکھا۔ اُن کا پچکا ہوا بایاں گال کسی قدر پھولا ہوا نظر آیا۔ ان کو چاہیئے تھا کہ وہ اسکوٹر کو گرا دیتے۔ حیرت ہے کہ اسکوٹر نے اُن کو گرا دیا۔ کسی زمانے میں گھوڑے اور گھوڑیاں اپنے سوار کو گرا دیا کرتے تھے اب یہ اسکوٹریں اپنے سواروں کو کیوں گرانے لگی ہیں۔ اسکوٹر سوار ہی جانیں!"

حادثے کے بعد جب پہلی بار مجتبیٰ حسین حیدرآباد آئے تو ہم ان سے ملنے گئے۔ گھبرا رہے تھے کہ انھیں دیکھتے ہی ہمارا دل پھٹ پڑے گا لیکن موصوف نے ہنس ہنس کر اسکوٹر کے حادثے کی ساری تفصیلات یوں بیان کیں جیسے وہ اپنے مضمون کی جزئیات نگاری کر رہے ہوں۔ اپنے گرنے کا اسٹائل بتایا اور یہ بھی بتایا کہ ڈاکٹر نے ان کے گرنے کے اسٹائل

کی کتنی تعریف کی تھی کیونکہ بقول مجتبیٰ حسین، اس قسم کے اسٹائل میں صرف ایک فیصد آدمی ہی بچتے ہیں اور اس ایک فیصد کی تعریف میں موصوف ہی آتے ہیں۔ ظاہر ہے کہ وہ ایک منفرد اسٹائل ہی تھا جہاں موت کو شرمندگی اٹھانی پڑی۔

جب طالب علم نے مجتبیٰ حسین کے بارے میں اتنی ساری تفصیلات جان لیں تو ٹکسٹ بک میں دیے گئے "ڈاکٹروں والے" مضمون میں کے ایک جملے کی تشریح چاہی —— "ڈاکٹر صاحب! مجھے "بیماری" نہیں "باری" ہوگئی ہے!" چونکہ طالب علم اس جملے کے لطیف طنز کو سمجھ نہیں پا رہا تھا، ہم نے اس کی ذہنی صلاحیت کے مطابق اس کو یوں سمجھایا "برخوردار! امتحان میں تم اس جملے کی تشریح اس طرح بھی کر سکتے ہو۔ ممتحن تو جواب پڑھنے سے رہے۔ ان کے لیے صرف صفحات کالے کرنا کافی ہوگا۔ جدید سائنس نے اب تک جتنے امراض دریافت کیے ہیں اس فہرست میں مرض "باری" کا کہیں ذکر نہیں۔ کتابت کی غلطی کی وجہ سے مرض "بادی" کے بجائے "باری" چھپ گیا ہے۔ دراصل مجتبیٰ حسین کو "باری" نہیں —— "بادی" ہوگئی تھی۔ دوسرے ایڈیشن میں اس کی اصلاح کرلی جائے!"

طالب علم نے اس تشریح سے مطمئن ہو کر کتاب کا ایک اور سوال پوچھا

"مجتبیٰ حسین، ڈاکٹروں سے بہت زیادہ کیوں واقف ہیں؟"

ہم نے سمجھایا "یہاں ڈاکٹروں سے مراد وہ ڈاکٹر نہیں جو علاج کرتے ہیں۔ مجتبیٰ حسین تو اپنی چھوٹی موٹی بیماریوں کا علاج خود ہی کر لیتے ہیں جب توند بڑھ جاتی ہے تو روزانہ تین چار میل پیدل چلتے ہیں اور وزن

کم کرلیتے ہیں ۔ وزن بڑھانا ہو تو حیدرآباد کو چلے آتے ہیں ۔اُن کی بیماریاں تو ان کی پیدا کردہ ہوتی ہیں۔ مجتبیٰ حسین کے اصلی ڈاکٹر تو ڈاکٹر مغنی تبسم، ڈاکٹر محمد علی، ڈاکٹر راج بہادر گوڑ، ڈاکٹر زینت ساجدہ، ڈاکٹر قمر رئیس ڈاکٹر وحید اختر اور ڈاکٹر سلیمان اطہر جاوید وغیرہ ہیں جو ان کی نبض ٹٹول سکتے ہیں !"

اس کے بعد طالب علم نے ایک آخری سوال پوچھا جو قواعد سے متعلق تھا۔" ماضی کی تعریف کیجئے اور اس کی قسمیں بتایئے !" چونکہ قواعد ہماری کمزوری ہے اس لیے ہم نے طالب علم کو مشورہ دیا کہ " میاں! تم اگر قواعد کی چکر میں پڑ جاؤ گے تو اردو سیکھ نہ پاؤ گے ۔اسی لیے شاعر نے کہا ہے

ع " کہ آتی ہے اردو زباں آتے آتے "!

ایک مزاح نگار ہونے کے ناطے میں اس خطرے کی جانب نشاندہی کرنا چاہتا ہوں جو مجتبیٰ حسین نے " آدمی نامہ " لکھ کر پیدا کیا ہے ۔ اب اردو کے ریسرچ اسکالر نظیر اکبرآبادی کی نظم " آدمی نامہ " اور مجتبیٰ حسین کے " آدمی نامہ " کے چکر میں پڑ جائیں گے ۔ مجھے اندیشہ ہے کہ غلط فہمی میں کہیں " موازنۂ انیس و دبیر " کی طرح " موازنۂ نظیر و مجتبیٰ حسین " کی بحث نہ چل پڑے اس میں نظیر اکبرآبادی کا تو کچھ نہ بگڑے گا البتہ مجتبیٰ حسین کے خوب چرچے ہوں گے اور اردو کے گلشن میں ہلچل مچ جائے گی ۔ میں مجتبیٰ حسین کو اس قسم کی ہلچل پیدا کرنے پر زبردست مبارک باد دیتا ہوں ۔ کیوں کہ ہلچل کے بغیر اردو کا گلشن بڑا سونا سونا سا لگتا ہے اور مجتبیٰ حسین نے اردو کے گلشن میں ہلچل پیدا کرنے کی بڑی کامیاب کوشش کی ہے ■

اخبار پڑھنا

ایران کے حکماء نے اپنے بادشاہ جمشید کے لئے ایک پیالہ بنایا تھا جو "جامِ جم" کے نام سے مشہور ہوا۔ خدا جانے اس پیالے میں کیا کمال تھا کہ بادشاہ محل میں بیٹھے بیٹھے اس کے ذریعہ سارے حالات جان لیا کرتا تھا گویا "جام" نہ ہوا۔ ایک اچھا خاصہ ضخیم اخبار ہوا۔ پتہ نہیں اس میں کب ٹیکنیکل خرابی پیدا ہوی؟ اور وہ کب ٹوٹا؟ اور وہ کونسا مینوفیکچرنگ سیکرٹ، (MANUFACTURING SECRET) تھا کہ جامِ جم اوّل کے بعد جامِ جم ثانی وجود میں نہ آسکا۔ چنانچہ اسی مینوفیکچرنگ سیکرٹ نے غالب سے یہ شعر کہلوایا ؎

اور لے آئیں گے بازار سے گر ٹوٹ گیا

جامِ جم سے یہ مرا جامِ سفال اچھا ہے

اس شعر میں غالب نے جس جامِ سفال کے بارے میں کہا ہے' اس کے مقصد پہ کوئی اور مقصد غالب ہے۔ لیکن اب ہم جس جامِ جم کے بارے میں عرض کرنے جا رہے ہیں، اسے عرف عام میں اخبار کہتے ہیں۔ اگر ہم

یہ کہیں تو کوئی مبالغہ نہ ہوگا کہ آج کے دور میں اخبار کی حیثیت، غالب کے جام سفال کی سی ہے۔ اگر ایک ضائع ہوا تو دوسرا خرید لائیے۔ دوسرا بھی ضائع ہوا تو تیسرا خرید لائیے۔ اگر آپ کسی نیوز پیپر اسٹال تک زحمت کرنا کسر شان سمجھتے ہوں تو کسی ہاکر کی خدمات حاصل کیجیے۔ آپ کے بیدار ہونے سے پہلے ہی اخبار آپ کے گھر پر آموجود ہوتا ہے۔ جب تک جی چاہا پڑھیئے۔ پھر اٹھا کر رکھ دیجئے۔ اور برا وقت آن پڑنے پر ردی میں بیچ دیجئے۔ آم کے آم، گٹھلیوں کے دام!

اخبار پڑھنا ایک ہابی (HOBBY) ہے۔ ایک مشغلہ ہے۔ اور ایک ضرورت ہے۔ ورنہ آپ ہی سوچیئے کہ خبروں پر تبصرہ کرنے، مختلف سربراہان مملکت کو نااہل ٹھیرانے، اور اپنے آپ کو بہت بڑا سیاس اور دانشور ثابت کرنے کے مواقع کہاں سے حاصل ہوں گے؟ چنانچہ یہی وجہ ہے کہ ہر پڑھا لکھا آدمی صبح بیدار ہوتے ہی عالمی خبریں جاننے کے لئے بڑا بے چین رہتا ہے۔ چاہے وہ اپنے بارے میں کتنا ہی بے خبر کیوں نہ ہو!

جہاں تک اخبار پڑھنے کا تعلق ہے، ہم نے یہی دیکھا ہے کہ جو شخص پڑھنا جانتا ہے وہ اخبار خرید کر یا مانگ کر پڑھتا ہے۔ اور جو پڑھنا نہیں جانتا وہ دوسرے سے پڑھوا کر سنتا ہے۔ اگر پڑھنے والا نہ ملے تو وہ صرف اخبار دیکھ کر ہی خوش ہو جاتا ہے کہ چلو کچھ نہیں تو کم از کم فلمی تصویریں ہی دیکھنے کو مل گیئں۔

اخبار پڑھنے والوں کو مختلف گروہوں میں تقسیم کیا جا سکتا ہے۔ پہلے گروہ میں وہ لوگ شامل ہیں جو اخبار تو خریدتے ہیں لیکن پڑھنا ان کے

نصیب میں نہیں ہوتا۔ وہ اس لئے کہ اخبار کے خریدتے ہی اس پر پڑوسیوں کا قبضہ ہو جاتا ہے۔ اور قبضہ بھی کچھ ایسا کہ اخبار کی ملکیت کے بارے میں بار بار یاد دلانا پڑتا ہے۔ جس کے جواب میں آپ کو رسید کے طور پر جھڑکیاں سُننے کو ملتی ہیں۔ اگر پڑوسی کی یادداشت اور نیت ٹھیک نہ رہی تو اخبار واپس ہونے سے رہا۔ اس کے برعکس اگر پڑوسی کی نیت ٹھیک رہی اور اخبار واپس بھی ہوا تو اس کے واپس آنے آنے تک آپ کبھی کے دفتر جا چکے ہوتے ہیں۔ ہم نے تو اپنے طور پر یہ اصول بنا لیا ہے کہ جب کبھی پڑوسی ہم سے اخبار مانگنے کے لئے آتے ہیں تو اخبار دینے سے پہلے ان کی ایک زوردار چُٹکی لے لیتے ہیں تاکہ سند رہے اور وقت ضرورت کام آئے۔

دوسرے گروہ میں وہ لوگ شامل ہیں جو ہوٹلوں اور کتب خانوں میں اخباروں کی دُرگت بناتے ہیں۔ اور دُرگت بھی کچھ ایسی کہ آپ کو اخبار کے "اِسم شریف" کا پتہ چلانا تک مشکل ہو جاتا ہے۔

تیسرے گروہ میں وہ لوگ شامل ہیں جو غُربا اور مساکین کے زمرے میں آتے ہیں۔ یہ لوگ اخبار کے دفتر میں دیوار پر چسپاں کئے ہوئے اخبار سے استفادہ کرتے ہیں۔ ان کی ساری عمر اسی قسم کے استفادہ پر گزرتی ہے۔ گھر سے نکلے۔ اخبار کے دفتر کو پہنچ گئے۔ کھڑے کھڑے دیوار پر اخبار کا مطالعہ کیا۔ کوئی کالم اپنے کام کا نکلا تو نظر بچا کر اس کا تراشہ اپنی جیب میں اتار لیا اور پھر دوسرے اخبار کے دفتر کی جانب چل پڑے۔ ان کی مثال ان طالب علموں کی سی ہوتی ہے جو کتابوں کے لئے والدین سے پیسے تو وصول کر لیتے ہیں۔ لیکن اسکول میں "پور فنڈ" کے "بُک بینک" سے کتابوں کا استفادہ

کرتے ہیں۔ ہمیں ان کے اس طرح اخبار پڑھنے پر کوئی اعتراض نہیں۔ شوق سے پڑھیں۔ جوق در جوق پڑھیں۔ البتہ ہمیں ان سے یہی شکایت ہے کہ اخبار کے کوئی خاص کالم کو اپنی جیب میں اتار کر دوسرے غربا کو "پور فنڈ" سے استفادہ کی سہولت نہیں دیتے۔

اخبار پڑھنے والوں کا ایک اور خاص گروہ بھی ہے۔ اس گروہ میں وہ لوگ شامل ہیں جو زندگی میں کبھی اخبار خریدتے تو نہیں۔ البتہ بسوں اور ریلوں میں سفر کرتے وقت فریضہ کے طور پر ایک اخبار ضرور خرید لیتے ہیں۔ ہمارا مشاہدہ یہ بتاتا ہے کہ ان کا مقصد اخبار پڑھنا ہرگز نہیں ہوتا۔ وہ دوسرے مسافروں پر یہ واضح کر دینا چاہتے ہیں کہ وہ کوئی معمولی انسان نہیں۔ بہت ہی پڑھے لکھے اور مہذب انسان ہیں۔ لیکن جوں ہی ٹکٹ چیکر داخل ہو جاتا ہے ان پر اچانک نیند کا غلبہ طاری ہو جاتا ہے۔ اور وہ اپنے منہ کو اخبار کی آڑ میں چھپائے مصنوعی خراٹے لینا شروع کر دیتے ہیں۔ تب دوسرے مسافروں کو پتہ چل جاتا ہے کہ وہ بغیر ٹکٹ کے سفر کر رہے تھے۔

بسوں اور ریلوں میں سفر کرتے وقت اپنے ساتھ ایک عدد اخبار رکھنا بعض من چلے اور شرمیلے نوجوانوں کا بھی دلچسپ مشغلہ ہے۔ ان کا مقصد بھی اخبار پڑھنا نہیں ہوتا۔ بلکہ اخبار کی اوٹ سے مہ رخوں کا نظارہ کرنا ہوتا ہے۔ اور وہ بھی کچھ اس طرح کہ "صاف چھپتے بھی نہیں، سامنے آتے بھی نہیں"۔ انھیں اس بات کا دھڑکا لگا رہتا ہے کہ کہیں کوئی "ویلن" نمودار ہو کر ان کی پٹائی نہ کر دے۔

اخبار کو پُرکشش بنانے میں اس کی "سُرخی" بڑا اہم رول ادا کرتی ہے مظلوم کے خون کی سُرخی کے بعد اگر میں کسی اور سُرخی کا قائل ہوا ہوں تو وہ ہے اخبار کی سُرخی۔ ویسے، مہ رُخوں کے لبوں کی سُرخی بھی بڑی غضبناک اور قاتل ہوتی ہے۔ بشرطیکہ وہ "لِپ اسٹک" کی محتاج نہ ہو۔ کیوں کہ جب لِپ اسٹک کی سُرخی لبوں سے اُتر جاتی ہے تو مہ رُخوں کے لب کسی کتاب کی اُس سُرخ جلد کی طرح نظر آنے لگتے ہیں جس کو جھینگروں نے جگہ جگہ سے چاٹ کھایا ہو۔ خیر لبوں کو چھوڑیئے، اخبار کی سُرخی کی طرف آیئے۔ جس طرح مظلوم کے خون کی سُرخی اپنا رنگ لاکر ہی رہتی ہے، بالکل یہی حال اخبار کی سُرخی کا ہوتا ہے۔ پُرامن شہریوں میں سنسنی دوڑانا ہو تو اخبار کی سُرخی کو ذرا "جلالی" قسم کی بنا دینا کافی ہو جاتا ہے۔ دن تمام اخبار کی وہی سُرخی موضوع بحث بنی رہتی ہے۔ اور لوگوں کا جلال بھی قابل دید رہتا ہے۔

اخبار پڑھنے والوں کو اخبار کی سُرخیاں بڑے نشیب و فراز سے گذارتی ہیں۔ بعض وقت تو اخبار پڑھنے والوں کے لئے اچھا خاصہ تفریح طبع کا سامان ہاتھ آتا ہے۔ حال ہی میں اخبار کی ایک سُرخی ہیں بیحد مزہ دے گی۔

"ایک شخص نے دوڑ کر ایک خاتون کو حسین ساگر میں چھلانگ لگانے سے بچا لیا ـــــ موصوف سب انسپکٹر پولیس ہیں۔ اور آج کل فٹ بال کے ریفری کے فرائض انجام دے رہے ہیں۔"

میں جب اخبار پڑھتا ہوں تو تفریح طبع کے لئے ایک سُرخی کو دوسری سُرخی سے ملاکر مزاح کا سامان فراہم کرلیتا ہوں۔ کبھی کبھی تو یہ سرخیاں اپنے سامنے

آزو بازو، نیچے اُوپر کچھ اس طرح آجاتی ہیں کہ مزاح کا سامان خود بخود فراہم ہوجاتا ہے۔ چند سرخیاں ملاحظہ فرمائیے۔ اور دیکھئے کہ سرخیوں کے اس امتزاج نے کیا غضب ڈھایا ہے!

- پارٹی اجلاس میں تصادم، پندرہ منٹ تک گھونسوں کا تبادلہ — اس سال کا عظیم الشان مشاعرہ۔
- بعض فساد زدہ محلوں میں لیڈروں کا دورہ — مجرمین ضمانت پر رہا۔
- اس سال کا دلیرانہ سرقہ — ممتاز شاعر (نام اپنی معلومات کی مناسبت سے تجویز کریں) کے مجموعۂ کلام کی رسمِ رونمائی۔
- پولیس اور ڈاکوؤں میں تصادم — ٹیم کو شکست سے بچنے کے لئے پانچ رن درکار۔ ایک وکٹ باقی، چار رن آؤٹ، تین کلین بولڈ دو کیچ آؤٹ۔
- شادی شدہ زندگی سے مطمئن نہ ہوں تو! — خودکشی!
- انتقالِ پُر ملال — اعلان برائے حاضری۔
- فوری تشریف لائیے — طعام ولیمہ کا التوا۔
- ضرورت رشتہ — اعلان برائے فروخت۔
- ارکان اسمبلی بچوں کی طرح سوالات نہ پوچھیں۔ ناکام طلبہ کے لئے فری کوچنگ کا انتظام۔

جب کبھی میرے پاس تفریح کے لئے پیسے نہیں ہوتے تو میں ایک اٹھنی اپنی جیب میں ڈال کر کسی قریب کی ہوٹل کا رُخ کرتا ہوں۔ وہ اس لئے کہ موجودہ دور کے مکانوں میں "خلوت" نام کی کوئی جگہ باقی نہ رہی کہ کچھ دیر کے لئے ہی

سبھی اپنے آپ کو بھلا سکیں۔ خلوت تو دور کی بات ہوئی۔ اب مکانوں میں "دیوان خانہ" نام کی بھی کوئی چیز باقی نہ رہی۔ (اگر کہیں ہوتا بھی ہے تو کرایہ پر اٹھا دیا جاتا ہے) میرا بس چلے تو میں اس لفظ ہی کو لغت سے نکلوا دوں تاکہ نئی نسل کو اس کی معنی سمجھانے کی نوبت ہی نہ آئے۔ ہاں! تو میں ہوٹل میں پہونچتے ہی ایک پیالی چائے کا آرڈر دے کر اطراف کی میزوں پر ایک اُچٹتی سی نظر ڈالتا ہوں کہ کہیں تو کوئی اخبار پڑا ہوا ملے۔ یہیں سے مجھے تفریح طبع کا سامان ہاتھ آتا ہے۔ لیکن کبھی کبھی یہ تفریح "تباہ" بھی ہو سکتی ہے کیوں کہ ہوٹل میں مطالعہ میں مصروف گاہک سے اخبار حاصل کرنا کوئی معمولی کام نہیں۔ یہ بڑے جان جوکھم کا کھیل ہوتا ہے۔ ہر پل عزت و ناموس کو خطرہ لگا رہتا ہے۔ پتہ نہیں کب کس کا موڈ بگڑے۔ وہ اس لئے کہ ہوٹل میں ہر قماش کے انسانوں سے سابقہ پڑتا ہے۔ ایک بار یہیں ایک دلچسپ واقعہ پیش آیا۔ آپ تو جانتے ہی ہیں کہ اخبار میں جب کوئی خبر طویل ہو جاتی ہے تو نیچے لکھ دیا جاتا ہے "باقی فلاں صفحہ پر ملاحظہ فرمائیے"۔ اتفاق سے واقعہ مذکورہ کے روز ہمارے حصہ میں جو اخبار کا صفحہ آیا تھا اس میں ایک نہیں تین "باقی" موجود تھے۔

"بقیہ ہیروئن بھاگ گئی" ــــ "بقیہ میری آواز سنو" ــــ "بقیہ لڑکی بوڑھے سے بیاہ دی گئی"

ایک گاہک کو ہمارے پاس جو اخبار تھا اس کی ضرورت لاحق ہوئی۔ وہ اپنی سیٹ سے اٹھ کر اپنے ہاتھ میں اخبار کا ایک حصہ لئے ہمارے پاس آئے تاکہ اخباروں کا تبادلہ عمل میں آسکے۔ شائد ان کے پاس بھی ایک دو "بقیے"

آگئے تھے۔ وہ اپنے "بقیوں" کو ہمارے "بقیوں" سے بدل لینا چاہتے تھے۔ لہٰذا آتے ہی پوچھا کیا آپ کے پاس "بقیہ ہیروئن بھاگ گئی ہے!" ہم نے ان کے ارادہ کو تاڑ کر مسکراتے ہوئے کہا "وہ تو ہے! اور بفضل تعالیٰ صحیح وسالم ہے لیکن مجھے "بقیہ محکمے میں رشوت" کی ضرورت ہے۔ پہلے وہ دیجیے اور بقیہ ہیروئن .... لے جایئے!" چونکہ موصوف میں حسِ مزاح تھی، اس جملے پر مسکرائے اور فوراً "بقیہ محکمے میں رشوت" دے کر "بقیہ ہیروئن ....." لے گئے۔ جب وہ جانے لگے تو ہم نے ان سے بطورِ خاص کہا "جناب! بقیہ میری آواز سنو" پڑھنا نہ بھولیے گا۔ اس میں اخبار کے بارے میں بڑی عالمانہ باتیں بیان کی گئی ہیں۔

■□

فُل ہینڈ

"فل ہینڈ" ــــــ نہ تو کسی جاسوسی ناول کا نام ہے اور نہ کسی جدید نظم کا عنوان! ـــــــــــ دراصل "فُل ہینڈ" رمّی کی ایک اصطلاح ہے۔ جب ایک، مشریف رمّی باز کھیل کے دوران پورے سو پوائنٹس بغیر ڈنڈی مارے ـ ٹو فائیو، فائیو، ٹن ـ یا ـ ٹن، ٹوینٹی کے حساب سے پیسے گِن کر رمّی بنانے والے کی خدمت میں بڑی حقارت سے، دل میں کوستے ہوئے پیش کرتا ہے تو اسے "فل ہینڈ" کہتے ہیں۔ اور آپ جانتے ہیں کہ "فل ہینڈ" پر تبصرہ عموماً بعد برخاست رمّی شروع ہوتا ہے۔

ایک رمّی باز دوسرے رمّی باز سے پوچھے گا "ارے یار! آج تم نے کتنے فل ہینڈ دیئے؟"

دوسرا رمی باز اپنی رمیوں کی مناسبت سے جواب دے گا:
"کوئی سات فل ہینڈ دیئے۔ اور تین فل ہینڈ لئے! لیکن تم ـ!؟"

ہارنے والا منہ لٹکائے جواب دے گا "ارے یار! میرا حال مت پوچھو بس فل ہینڈ ہی دیتا رہا، حسرت رہ گئی فل ہینڈ لینے کی!"

پھر وہ تیسرے سے دریافت کرے گا۔ "بتا یار! تیرا کیا رہا؟"
وہ جواب دے گا "میں! میں تو جہاں کا وہیں رہا! نہ دیا نہ لیا!"

ہم نے خواہ مخواہ "فل ہینڈ" کی وضاحت کردی۔ کیوں کہ آج کے روشن دور میں ایسا کون شخص ہے جو رمی سے واقف نہیں؟ یہاں تک کہ عورتیں تک رمی کھیلتی ہیں۔ ویسے عورتیں کون سا کھیل نہیں کھیلتیں۔؟ ہر کھیل کھیلتی ہیں اور خوب کھیلتی ہیں۔ پتے اگر ساتھ دیں تو وہ بھی فل ہینڈ لیتی ہیں اور اگر پتے ساتھ نہ دیں تو انھیں بھی فل ہینڈ دینا پڑتا ہے۔ اس طرح جیت اور ہار کا سارا دارومدار پتوں کے ساتھ اور ہاتھ دینے پر ہے۔

رمی کا کوئی وقت اور جگہ مقرر نہیں۔ کلبوں میں رمی۔ دفتروں میں رمی کالجوں اور ہاسٹلوں میں رمی۔ پکنک اسپاٹ پر رمی۔ فٹ پاتھ پر رمی۔ سفر کے دوران ریلوں میں رمی۔ بیوی میکے گئی ہو تو گھر پر رمی۔ اور اگر بیوی بھی رمی باز ہو تو "رم" کے ساتھ ہینڈ ٹو ہینڈ رمی۔

پرسوں جب ہم سودے کے پیسوں سے ہینڈ ٹو ہینڈ رمی کھیل کر ایک فل ہینڈ لینے کی حسرت میں گیارہ فل ہینڈ دے کر اور آخری فل ہینڈ ڈیو (DUE) رکھ کر بغیر شیک ہینڈ کئے، منہ لٹکائے رات کے بارہ بجے گھر پہنچے تو ہماری نصف بہتر نے ہمیں آڑے ہاتھوں لیا کہ "یہ چہرے پر ٹھیکرے کیوں برس رہے ہیں؟"

ہم اس کا جواب کیا دیتے؟ رمی میں سودے کے پیسے ہار کر جو آرہے تھے۔ اس لیے موضوع کو بدلنے کے لیے سیرل آرڈر میں سوئے ہوئے بچوں کی طرف اشارہ کر کے رمی ہی کی اصطلاح میں فرمایا "اے میری پھول کی رانی! یہ جو ہماری پانچ پتوں والی اور بجھتی سیک وینس سود ہی ہے، ہماری تو تو میں میں کی وجہ

سے جاگ جائے گی جس کے نتیجے میں مجھے مڈل پیاک ہو جانا پڑے گا! یہ سنتے ہی وہ خاموش ہوگئیں۔

سچ بات تو یہ ہے کہ ہم نے رمی کی اصطلاحوں کو جملوں میں استعمال کرنا اپنے ایک رمی کے ساتھی واحد کلام سے سیکھا ہے۔ وہ رمی کے ایک کہنہ مشق کھلاڑی ہیں۔ ان کے متعلق ان کے دشمنوں نے یہ افواہ پھیلا رکھی ہے کہ جب وہ پیدا ہوئے تھے تو ان کے ایک ہاتھ میں جوکر تھا۔ ایسے پیدائشی رمی باز کی ترتیب دی ہوئی یہ جدید لغت ملاحظہ فرمائیے۔

پتوں کی شفلنگ کرنا: بیوی میک اپ کی چیزوں کے لئے پیسے مانگے، اور بچے کتابوں اور اسکول کی فیس کے لئے تنگ کریں تو دو چار چانٹے رسید کر کے انہیں چپ کروانا۔

آل سیک وینس ود آوٹ جوکر: وہ خوش قسمت گھرانا ہے جہاں سسرالی رشتہ دار کا کوئی فرد نہ آتا ہو۔

اوریجنل سیک وینس: آپ کے اپنے بچے۔

رانگ شو: ایک لڑکی کو دیکھا کر کسی دوسری لڑکی کو لڑکے کے گلے باندھ دینا۔ یعنی "چاند" کو دکھا کر "توا" حوالے کرنا۔

ڈسکارڈ کرنا: بیوی کو طلاق دینا۔

پیپر جوکر: وہ شخص ثالث جو دو انجانوں کو دو بول پڑھا کر ملانے کے لئے کبھی وقت پر نہ آتا ہو۔

کٹ جوکر: سسرال کا وہ فرد جس کے آتے ہی بیوی کو پشت پناہی حاصل ہوتی ہے اور گھر کے سارے کام اپنے شوہر سے کرواتی ہے۔

ڈیو (DUE) رکھنا : شوہر کے کھاتے میں بقایہ کے طور پر مسلسل چلی آنے والی رقم جو دمِ آخر بیوی سے معاف کروالی جاتی ہے۔

مڈل پیک ہونا : جی بھر جانے کے بعد کسی مرد کا عورت سے اچانک قطع تعلق کرلینا۔

پیک ہونا : بیوی بچوں سے تنگ آکر گھر سے ہمیشہ کے لئے شوہر کا فرار ہو جانا

ڈپلی کیٹ : شادی، ملازمت اور ترقی کے مواقع پر درمیان میں حائل ہونے والا شخص۔

بات فل ہینڈ سے شروع ہوئی تھی۔ ہمارے رمی کے ساتھی واحد کلام "فل ہینڈ" کو "بھرپور ہاتھ" کہتے ہیں۔ اس لفظی ترجمہ سے آپ کو اتفاق نہ ہو تو جانے دیجیے۔ ہم اس کی تشریح یوں کریں گے۔ "فل ہینڈ ایک ایسی ضرب ہے جس کی کوئی آواز نہیں۔ لیکن اس کے باوجود وہ فل ہینڈ دینے والے کے چہرے پر کچھ ایسے کرب کے آثار چھوڑ جاتی ہے جو عموماً بیوی کے اس جہان سے گزر جانے پر شوہر کے چہرے پر نمودار ہوتے ہیں۔ اس طرح یہ ثابت ہوا کہ رمی کے پلیر کے ہاں بیوی کی جدائی کا غم صرف ایک فل ہینڈ دینے کے برابر ہے۔ ہم نے بعض ایسے بھی رمی کے پلیر دیکھے ہیں جنھوں نے بیوی کے گزر جانے کا اتنا اثر نہیں لیا جتنا کہ ایک فل ہینڈ دینے کا۔ ابھی کوئی صابن کی ٹکیہ یا لوشن ایجاد نہیں ہوا جو اس فل ہینڈ کے تاثر کو دور کرسکے۔ اس فل ہینڈ سے تو "دھوبی پچھاڑ" اچھی جس میں صرف جسم دکھتا ہے۔ لیکن چہرے پر لعنت نہیں برستی ایک فل ہینڈ دینے کے بعد ایک رمی باز کو نارمل حالت میں آنے کے لئے کتنا وقت درکار ہوتا ہے یہ بتانا بہت مشکل ہے ابھی ایسا کوئی آلہ ایجاد نہیں ہوا۔ جو فل ہینڈ کے کرب اور مدت کی پیمائش کرسکے

البتہ ہم اپنا تجربہ بیان کرتے ہیں۔ ایک فل ہینڈ دینے کے بعد ہمیں ہمیشہ پتوں کی گڈی کی شکل خطرے کی اس سُرخ پلیٹ کی سی نظر آئی جس میں دو ہڈیوں کے درمیان ایک کھوپڑی کو اُتار کر "فور فارٹی وولٹس ڈینجر" لکھ دیا جاتا ہے۔

جیسا کہ ابتداء میں کہا گیا ہے کہ عموماً کھیل پر تبصرہ بعد برخاست رمی شروع ہوتا ہے اور آپ جانتے ہیں کہ رمی ایسے وقت برخاست کی جاتی ہے جب کہ سارے کھلاڑی پٹ پٹا کر اور لٹ لٹا کر بالکل نڈھال ہو جاتے ہیں۔ اور بعض فل ہینڈ دے دے کر اس حد تک پٹ جاتے ہیں کہ سیکل کے پہیہ میں ہوا بھروانے کے لئے پانچ پیسے تک ان کے پاس نہیں رہتے۔ ایسی بیچارگی کے موقع پر بھائی چارگی کا وہ زبردست مظاہرہ ہوتا ہے کہ سارے رمی باز بلالحاظ مذہب و ملت ایک دوسرے کے جھوٹے سگریٹ مانگ مانگ کر اور اگر نہ دیں تو چھین چھین کر پینے پر اتر آتے ہیں۔ اس سے اچھا بھائی چارگی کا نمونہ اور کیا ہو سکتا ہے۔ ایسے موقع پر ہم کو وہ لیڈر بہت یاد آتے ہیں جو صرف بھائی چارگی کی باتیں کرتے ہیں۔ اگر ہمیں رمی سے فرصت ملے تو ان سارے لیڈروں کو رمی کھیلنے بٹھائیں تاکہ وہ بھائی چارگی اور قومی یکجہتی کو پروان چڑھانے کے طریقے سیکھ سکیں۔ سگریٹوں کی "چھینا جھپٹی" کے بعد ایک ایسی منزل بھی آ جاتی ہے جب کہ پھینکے ہوئے سگریٹ کے ٹکڑوں کی قسمت جاگ پڑتی ہے۔ ایسے موقع پر ہم نے دھن وان رمی باز کو بھی اپنے پھینکے ہوئے سگریٹ کے "ادھے" تلاش کرتے دیکھا۔

ہم نے جس وقت رمی کی کلاسیس اٹنڈ کی تھیں تو اس وقت سات پتوں والی "نیشنل رمی" کا چلن تھا جس میں صرف دو جوکر ہی ہوا کرتے تھے۔ لیکن

آج کل اِنٹرنیشنل رمی کا چرچا ہے۔ جس میں دو پیپر جوکر اور سات "کٹ جوکر" ہوا کرتے ہیں۔ (تباہی مچانے کے لیے دو جوکر ہی کیا کم تھے جو مزید سات جوکر شامل کئے گئے) یہ جوکر بھی بڑے عجیب وغریب ہوتے ہیں جب وہ کسی پلیئر کی فیور (FAVOUR) کرتے ہیں تو دوسرے پلیئروں کو پانی مانگنے تک کی مہلت نہیں دیتے اور جب وہ فیور (FAVOUR) نہیں کرتے تو پانچ پانچ جوکر ہاتھ پر رکھ کر فل ہینڈ دینا پڑتا ہے۔ اِنٹرنیشنل پالیٹکس میں بھی انٹرنیشنل سیاسی جوکر اسی قسم کا فیور ازم (FAVOURISM) چلا کر خوب تباہی مچاتے ہیں۔ یہ ایک حقیقت ہے کہ رمی نے کسی کو بھی سرفراز نہیں کیا۔ یہ کھیل وہی کھیلے جو "توڑ جوڑ" کے فن سے بخوبی واقف ہو۔ یہ ہم جیسے شرفا کا کھیل نہیں۔ جو پتوں کے توڑ جوڑ تو کیا جائز تعلقات کو بڑھانے کے سلسلے میں بھی توڑ جوڑ کے فن سے کام نہیں لیتے۔ اس لئے خدا کرے کہ انٹرنیشنل رمی کے بعد مزید تباہی کے لئے یونیورسل رمی کا رواج نہ چل پڑے کیوں کہ ہم آل سیک وینس وِدھ آوٹ جوکر کے قائل ہیں!!

داد حاصل کرنے کے طریقے

ہر فن کار کی یہ خواہش ہوتی ہے کہ اس کے فن کی تعریف ہو اور خوب داد ملے۔ اب وہ فنکار باقی نہ رہے جو داد اور شہرت سے بے نیاز ہو کر بالکل قلندرانہ زندگی گزارتے تھے۔ جو "داد" دیا اس کا بھلا! جو "داد" نہ دیا اس کا بھی بھلا!

داد کے بعد کا درجہ شہرت کا ہوتا ہے۔ اور شہرت کسے عزیز نہیں ہوتی!؟ چنانچہ ہر فنکار اس فکر میں مُبتلا رہتا ہے کہ بھلے سے معاوضہ ملے نہ ملے، مگر داد تو ملے۔ اس کے لئے وہ ایڑی چوٹی کا زور لگاتا ہے۔ اور آپ تو جانتے ہی ہیں کہ ایڑی چوٹی کا زور لگانے کے مواقع سوائے شاعری کے دیگر فنون لطیفہ میں بہت ہی کم ہیں۔ داد پانے کے لئے شاعری کا میدان بڑا وسیع ہے۔ اور وسیع بھی اتنا کہ ہر نیا سال مشاعرہ سے شروع ہوتا ہے اور مشاعرہ پر دم توڑتا ہے۔ ان سالانہ مشاعروں کے علاوہ چھلّہ، چھٹی، سالگرہ اور شادی و بیاہ کے موقعوں پر سنایا جانے والا کلام بھی شامل کر لیا جائے تو غور کیجئے کہ شاعری کا میدان کتنا وسیع ہو گیا ہے! غرض سال تمام کلام سے کہیں زیادہ عرض

کیا ہے!" "توجہ چاہتا ہوں!" "آداب عرض ہے!" وغیرہ وغیرہ سننے کو ملتے ہیں۔
شاید اب آپ یہ کہیں کہ مضمون نگاری اور افسانہ نگاری میں بھی تو داد پانے کے مواقع حاصل ہیں۔ تو عرض ہے کہ مضمون نگار یا افسانہ نگار کو اپنا مضمون یا افسانہ سنانے کے مواقع ملتے ہی کہاں ہیں؟ اور اگر اتفاق سے کبھی موقع ہاتھ آتا بھی ہے تو سال میں ایک آدھ بار۔ اور وہ بھی جنگل میں مور ناچا کسی نے دیکھا کسی نے نہ دیکھا کے مصداق ہوتا ہے۔ اب آپ شائد یہ کہیں کہ مضمون نگار کو مطبوعہ مضمون پر تو بذریعہ ڈاک تحریری داد ملتی ہے۔ تو عرض ہے کہ اس بے حسی کے دور میں تحریری داد ملتی ہی کہاں ہے؟ اور اگر کبھی قاری کی غفلت سے مل بھی جاتی ہے تو مضمون نگار کے گھر پہنچنے پہنچنے تک محکمہ ڈاک کی مہریں کھا کھا کر نیم جان ہو جاتی ہے۔ اب اس نیم جان داد کے وصول ہونے کی اطلاع دینا اور پیسے خرچ کر کے تحریری شکریہ ادا کرنا فاضل مضمون نگار کا اخلاقی فریضہ ہو جاتا ہے۔
لیکن مشاعرہ میں شاعر کے مالی موقف کو اس طرح للکارا نہیں جاتا۔ صرف "زبانی جمع خرچ" سے کام چل جاتا ہے۔ اِدھر شاعر شعر پڑھتا ہے۔ اُدھر سامعین داد سے سرفراز فرماتے ہیں "واہ! واہ!" "سُبحان اللہ" "مکرر ارشاد!" تب شاعر' داد کی رسید کے طور پر مسلسل آداب بجالانے لگتا ہے۔ بعض شاعر تو اتنے "بے صبرے" ہوتے ہیں کہ شعر داغنے سے پہلے ہی رسید پہنچا دیتے ہیں۔ ان کی مثال ان دولھوں کی سی ہوتی ہے جو گھوڑے پر بیٹھے ہوئے عالم بے خیالی میں اپنا سیدھا ہاتھ اُٹھا اٹھا کر ہوا میں مسلسل سلام کئے جاتے ہیں۔ اب ان سے یہ کون پوچھے کہ کس کو سلام کر رہے ہیں؟ کیوں کر رہے ہیں؟ اور کدھر کر رہے ہیں؟
جب شاعر مشاعرہ گاہ میں اپنے کلام سے فارغ ہو کر داد سے لدا پھندا

اپنے گھر پہنچتا ہے تو اس کی جیب میں سوائے لوٹے ہوئے مشاعرہ کے کچھ بھی نہیں ہوتا۔ یہ الگ بات ہے کہ بعض مشاعروں میں داد برائے نام اور ہوٹنگ بطور خاص شعرائے کرام کے حصہ میں آتی ہے۔ ایسے مشاعرے "آل انڈیا مشاعرے" کی تعریف میں آتے ہیں لہذا طئے یہ پایا کہ مشاعرہ کی داد بڑی مصدقہ ہوتی ہے۔ (اور اتنی ہی مصدقہ ہوٹنگ بھی)

یوں تو ہر فنکار میں کوئی نہ کوئی کمزوری ضرور ہوتی ہے۔ لیکن شاعر میں کئی کمزوریاں پائی جاتی ہیں۔ اس کی سب سے بڑی کمزوری داد ہے۔ شاعر کی قسمت میں یہی لکھا ہوتا ہے کہ وہ شعر بھی کہے اور داد پر مسلسل آداب بھی بجالائے۔ اگر آپ ہماری رائے کو دل کے پھپھولے پھوڑنے پر محمول نہ کریں تو ہم یہی کہیں گے کہ داد کے جواب میں بطور رسید ہاتھ ہلا ہلا کر مسلسل آداب بجالانا ایک اچھی خاصی سزا ہے۔ بلکہ یوں کہئے کہ ایک اچھا خاصا عذاب ہے۔ ہم نے کسی سہ لسانی یا ہمہ لسانی مشاعرہ میں تلگو زبان کے شاعر کو داد کی رسید کے طور پر مسلسل ڈنڈوت بجالاتے یا کسی انگریز شاعر کو داد کے جواب گڈ ایوننگ یا گڈ نائٹ کہتے نہیں سنا۔ کسی اور زبان کے شاعر کو ایسی تکلف دہ صورت حال کا سامنا کرنا نہیں پڑتا۔ لیکن ہمارا شاعر تو اس کو عین راحت تصور کرتا ہے۔ داد نہ ملے تو شاعر کو یوں محسوس ہوگا جیسے یہ کائنات ایک فضول سی شئے ہے۔ حتیٰ کہ اس کا وجود تک فضول ہے۔ اسی لئے اردو زبان کا شاعر اپنی ساری تخلیقی صلاحیت فکر سخن پر صرف کرنے کی بجائے حصول داد کی ٹیکنک وضع کرنے میں ضائع کرتا ہے۔ چنانچہ شاعر کی پوری زندگی "شاعری کر، مشاعرہ میں ڈال" میں گزر جاتی ہے۔

شاعر محض داد کی خاطر مشاعرہ گاہ میں سر کے بل چل کر آسکتا ہے۔ اگر اس

سے چلا نہیں جاتا تو "چار" کے سہارے مشاعرہ گاہ میں پہنچنے سے بھی نہیں چوکتا۔ ہم یہ بات یونہی نہیں کہہ رہے ہیں۔ ہم نے ایک مشاعرہ میں ایک ایسے بزرگ شاعر کو بھی دیکھا جن کو شاگردوں نے سہارا دے کر اسٹیج پر پہنچایا تھا۔ ان میں کلام سنانے کی سکت تک نہیں تھی۔ کلام سنانے کی سکت والی بات ہمارے قلم سے مروت میں نکل گئی ہے۔ سچی بات تو یہ ہے کہ شاعر موصوف میں اپنی بیاض تک کو تھامنے کی سکت نہ تھی۔ جب ان کی باری آئی تو انہوں نے اپنی بیاض اپنے شاگرد کے ہاتھ میں تھمادی اور خود داد وصول کرنے کے لئے مستعد ہو کر بیٹھ گئے۔ ادھر شاگرد نے کھڑے ہو کر مائک پر مطلع پڑھا۔ ادھر موصوف نے دو زانو ہو کر آداب بجالانے شروع کئے۔ ہمیں یہ دیکھ کر بڑی حیرت ہوئی کہ موصوف کے ہاتھوں میں بلا کی پھرتی آگئی تھی۔ کچھ دیر تک تو سامعین نے شاعر کی بزرگی کا لحاظ کرتے ہوئے "کلام شاعر بزبانِ شاگرد" بڑے صبر و ضبط کے ساتھ سُنا۔ لیکن برداشت کی بھی ایک حد ہوتی ہے۔ جب پانی سامعین کے سر سے اونچا ہو گیا تو ایک نے ہوٹنگ کے انداز میں کہا "بس بس! اب بیٹھ جائیے!" مائک پر کلام سنانے والے شاگرد نے فرمایا "آپ لوگ دیکھتے نہیں! جن شاعر کا میں کلام سنا رہا ہوں وہ تو بیٹھے ہی ہوئے ہیں! وہ اگر اٹھ جائیں تو میں بیٹھ جاؤں!" اس سے پہلے کہ سامعین بیٹھے ہوئے شاعر کو آڑے ہاتھوں لے کر اسٹیج سے اُٹھاتے کنوینر مشاعرہ نے آداب مشاعرہ اور حیدرآبادی روایات پر لیکچر دینا شروع کیا۔ اس طرح "حیدرآبادی روایات" کی دہائی پر سامعین خاموش بیٹھ گئے اور مشاعرہ چلتا رہا۔

داد کے حصول کے لئے شاعر ہر وہ حرکت کر گزرتا ہے جو اس کے بس میں ہے۔ یہاں تک کہ عملی مظاہرہ کرنے سے بھی نہیں چوکتا۔ ویسے، یہ کوئی نئی بات بھی نہیں ہے۔ متقدمین میں لوتح نادری نام کے ایک شاعر گزرے ہیں جو سماں باندھنے میں اپنا ثانی نہیں رکھتے

تھے۔ شعر میں اگر خزاں کا ذکر ہوتا تو اسٹیج پر سوکھے پتے اور پتیاں گرادیا کرتے تھے۔ لیکن ادھر متاخرین میں ہمارے شہر میں بھی ایک ایسے شاعر صاحب گزرے ہیں جو مائیکروفون گرادیا کرتے تھے۔ مرحوم شعر کیا سناتے اچھا خاصا ڈیمانسٹریشن پیش کر دیتے تھے اور خوب داد حاصل کرتے۔ سیاسی جلسوں میں تو بطورِ خاص مدعو کئے جاتے تھے۔ ایک مقصدی مشاعرہ میں انہیں دیکھنے کا اتفاق ہوا۔ مقصدی مشاعرہ اس وقت بپا کیا جاتا ہے جب قوم پر کوئی افتاد آپڑی ہو۔ اور وہ مقصدی مشاعرہ قومی ایک جہتی کو فروغ دینے کے لئے منعقد کیا گیا تھا۔ جب بھی مقصدی مشاعرہ منعقد ہوا ہم نے بچوں ہی کو پیش پیش دیکھا۔ ہاں، تو شاعر موصوف نے جیسے ہی مائک سنبھالا فی البدیہہ یہ شعر حاضرین کی نذر کیا:

ہندو کا "ہ" اور مسلمان کا "م"
دونوں ملاکر بن جاؤ "ہم"

شعر جیسا بھی ہے آپ نے سُن لیا۔ چونکہ شاعر کا مقصد نیک ہے' اس لئے بحر اور وزن اس پر قربان (شاعر پر نہیں بلکہ شعر پر) یوں بھی' بقول ایک نقاد کے، ترقی پسند شاعری میں بحر، وزن اور زبان سے کہیں زیادہ مقصدیت کو دیکھا جاتا ہے۔ ہاں تو شاعر نے شعر پڑھ کر "ہم" کا عملی مظاہرہ کرنے کے لیئے جوں ہی اپنے دونوں ہاتھ ملائے' مائیکروفون ایک بچے کے سر پر گرا۔ اس کے بازو بیٹھا ہوا ایک لڑکا کھل کھلا کر ہنس پڑا۔ اس پر شاعر موصوف نے ڈانٹ پلائی:

"ارے چُپ بے لونڈے!"

لڑکے نے اپنی صفائی میں کہا "میں آپ پر تھوڑے ہی ہنس رہا ہوں۔ میں تو اس لڑکے پر ہنس رہا ہوں جس پر آپ نے مائیکروفون گرایا۔ وہ بڑی دیر سے مجھے ستارہا تھا۔ یہ تو اچھا ہی ہوا کہ آپ نے اس پر مائیکروفون گرادیا۔ مکرر ارشاد!"

جیسا کہ ہم نے عرض کیا داد شاعر کی کمزوری ہے۔ اور داد کی خیرات تو شاعرہ میں بٹتی ہے۔ چنانچہ داد کو حاصل کرنے کے لئے شاعر کو مشاعرہ میں حاضری دینا ضروری ہو جاتا ہے۔ اب وہ شاعر خال خال ہی نظر آتے ہیں جو مشاعرہ میں شرکت کو تضیع اوقات اور داد کو فلتہ پروازی کا فروغ تصور کرتے ہیں۔ اب تو مشاعرہ کی داد طبقہ داری کشمکش اور گروہ بندی کا شکار ہو گئی ہے۔ چنانچہ یہی وجہ ہے کہ بسا اوقات مشاعروں میں داد کی بجائے جوتیوں میں دال بٹ جاتی ہے۔

امتداد زمانہ کے ساتھ ساتھ شعرائے کرام نے بھی داد کو حاصل کرنے کے مختلف طریقے وضع کر لیئے ہیں۔ آپ نے دیکھا ہوگا کہ مشاعرہ کے آغاز سے تھوڑی دیر پہلے بعض شاعر اپنے اپنے دوست احباب میں گھرے نظر آتے ہیں۔ یہ اس بات کی علامت ہے کہ شاعر اپنے دوستوں کو کچھ کھلا پلا کر ان سے داد کی اڈوانس بکنگ کروالیتا ہے چنانچہ جب وہ شاعر مشاعرہ میں اپنا کلام سنانے نکلتا ہے تو مشاعرہ گاہ کے کبھی اُس گوشے سے اور کبھی اس گوشے سے "واہ، واہ!" کی "صدائے نمک حلالی" بلند ہونے لگتی ہے۔ لیکن داد کی اس طرح اڈوانس بکنگ کروالینا ہر شاعر کے بس کی بات نہیں کیونکہ "مقدور ہو تو ساتھ رکھوں" مدح خوان" کو بھی" میں مالیہ کا بڑا دخل ہوتا ہے۔

جس شاعر کا مالیہ کمزور ہوتا ہے اور جو اپنے دوستوں کھلا پلا کر داد کا عہد نہیں لے پاتا، وہ اپنے حلیہ سے کام چلا لینے پر اکتفا کر لیتا ہے۔ کبھی عجز و انکسار کا مجسمہ بن کر تو کبھی سلام و پیام کو عام کر کے۔ غالباً آپ کو ایسے شاعروں سے سابقہ پڑا ہوگا جو روزمرہ زندگی میں سلام میں پہل کرنا تو کجا سیدھے منہ بات تک نہیں کرتے۔ لیکن وہ مشاعرہ کے روز اچانک مودب، منکسر المزاج اور ووٹ مانگنے والے انتخابی لیڈر کا روپ دھار لیتے ہیں۔ لیڈر ووٹ حاصل کر کے مکر جاتا ہے۔ اور شاعر داد حاصل

کرنے کے بعد آپ کو پہچاننا تک نہیں۔

جس شاعر کے پاس یہ ساری چیزیں نہیں ہوتیں، وہ اپنے ترنم سے کام چلا لیتا ہے۔ اور اپنی ساری توانائیاں ترنم "فٹ کرنے" پر صرف کرتا ہے۔ اور ترنم بھی کچھ ایسا کہ منتظمین مشاعرہ کو سامعین کی ہوٹنگ پر بیک گراونڈ میوزک کا گمان ہو۔

داد کے لئے سامعین کا ہونا نہایت ضروری ہے۔ سامعین کے بغیر مشاعرہ کا تصور اس دولھے کا سا ہو جاتا ہے جس کے ساتھ باراتی نہ ہوں۔ سامعین سے ہی شاعر کی فضا بنتی اور بگڑتی ہے۔ چنانچہ داد کی مناسبت سے سامعین کو بڑی آسانی سے چند گروپ میں تقسیم کیا جا سکتا ہے۔ بعض سامعین کچھ اس جارحانہ انداز میں داد دیتے ہیں کہ شاعر دم بخود رہ جاتا ہے۔ اور دم بخود بھی کچھ ایسا کہ بسا اوقات شعر بھول جاتا ہے۔ جس کے نتیجہ میں بغیر مقطع پڑھے وداعی سلام عرض کر کے بیٹھ جانے کی نوبت آجاتی ہے۔

بعض سامعین بڑے ہی نازک اور نزاکت پسند ہوتے ہیں۔ یہ دراصل آئی۔ اے ایس آفیسر اور گزیٹیڈ عہدیدار ہوتے ہیں جو صرف اسٹیج کی رونق بننے کے کام آتے ہیں۔ وہ شاعر کے کلام پر داد دینے کی بجائے صرف گردن ہلانے پر اکتفا کرتے ہیں۔ ہمیں ان کے گھنٹوں گردن ہلانے پر حیرت ہوتی ہے۔ کیا ان کی گردنوں میں درد نہیں ہوتا؟ کیا ان کی گردنوں کے منکے ڈھیلے نہیں پڑ جاتے؟

بعض سامعین ایسے بھی ہوتے ہیں جو کانوں کی بجائے منہ سے سنتے ہیں۔ وہ اس وقت تک اپنے گلے کو زحمت نہیں دیتے جب تک کہ کوئی مچھر یا پتنگا ان کے منہ میں نہ گھس جائے۔ تب کہیں انھیں اپنا فریضہ یاد آتا ہے کہ شعر پر داد بھی دینا چاہیے۔

ایک اور قسم کے سامعین بھی پائے جاتے ہیں۔ مشاعرہ گاہ میں آتے ہی ان کو

تنقید یا داد باقی ہے۔ شاعروں کا کلام ان کے لئے لوری کا کام دیتا ہے۔ ہمارے شہر کے ایک کل ہند مشاعرہ میں ہم نے ایک ایسا سامع بھی دیکھا جو مشاعرہ گاہ میں بڑے اطمینان سے خراٹے لے رہا تھا۔ جب مشاعرہ ختم ہوا تو ہم نے انھیں جگایا کہ اُٹھیئے جناب، مشاعرہ ختم ہو گیا ہے۔ خدارا خراٹے روک دیجئے۔ اور گھر جا کر حسب سابق خراٹوں سے اپنے گھر والوں کو محظوظ ہونے کا موقع عطا فرمائیے! انہوں نے بڑے اطمینان سے انگڑائی لیتے ہوئے فرمایا "شکریہ جناب! ٹھیک وقت پر جگایا۔ مجھے رات کی ٹرین پکڑنی ہے۔"

تب ہمیں پتہ چلا کہ وہ مشاعرہ سننے کے لئے نہیں آئے تھے۔ بلکہ مشاعرہ کے ٹائم ٹیبل سے ریل کے ٹائم ٹیبل کو ملا کر مشاعرہ گاہ میں اپنے جاگنے کا مناسب معقول انتظام کر لیا تھا۔ ظاہر ہے ایسی سہولت انھیں ہوٹل میں تو کیا گھر میں بھی نصیب نہیں ہو سکتی تھی۔ آپ کو بھی کبھی رات کا سفر درپیش ہو اور ٹھیک وقت پر جاگنے کا معقول انتظام نہ ہو تو اس قسم کی سہولت سے فائدہ اُٹھائیے مگر یہ یاد رکھئے کہ ہمیں داد دینا نہ بھولئے!

{غالب صدی تقاریب کے سلسلے میں تعلقہ ابراہیم پٹن میں ایک ادبی اجلاس و مشاعرہ ترتیب دیا گیا تھا۔ اس موقع پر یہ مضمون پڑھا گیا۔}

ایک ہنگامہ پہ موقوف ہے....

صدیوں سے ایصال ثواب کی رسم چلی آرہی ہے۔ اس معاملہ میں قدماء تو آپ ہم سے دو ہاتھ آگے ہی تھے۔ وہ مرحوم کے ساتھ ناؤنوش کی وہ تمام چیزیں رکھتے جو انھیں پسند تھیں۔ یہی نہیں بلکہ ان تمام چیزوں کا بھی اہتمام کرتے جن کے لئے مرحوم اپنی ساری زندگی میں ترس ترس کر جاں بحق ہو گئے تھے۔ اس اہتمام کو دیکھ کر ایک اچھے خاصے آدمی کا ضرور جی للچاتا کہ وہ بھی اس دنیا سے کوچ فرمائے تاکہ قبر میں مزے لوٹے۔

آج ہم دیکھتے ہیں کہ ملک کے گوشے گوشے میں صدسالہ جشن غالب بڑی ہی شان و شوکت سے منایا جارہا ہے۔ غالب کے نام پر چندے وصول کئے جارہے ہیں۔ لائبریریاں قائم کی جارہی ہیں۔ اسٹیج سجائے جارہے ہیں۔ جلسے ہو رہے ہیں ادبی نشستیں ترتیب دی جارہی ہیں۔ مقالے پڑھے جارہے ہیں بڑے پیمانے پر مشاعرے منعقد کئے جارہے ہیں۔ غرض وہ سب کچھ ہو رہا ہے جو غالب کی زندگی میں نہیں ہو پایا تھا۔ اور جس کے لئے غالب ترس کر رہ گئے تھے۔

ان تمام روح پرور مناظر کو دیکھ کر شعرائے کرام کے دلوں پر کیا بیت رہی ہوگی ہم کچھ نہیں کہہ سکتے۔ ہو سکتا ہے کہ وہ بھی اس دنیا سے رخت سفر باندھنے کی سوچ رہے ہوں تاکہ قوم کو ان کی شعری وادبی خدمات کے متعلق سوچنے کا موقع ملے۔

"جشن غالب" کے ساتھ ہی شعرائے کرام کی قسمتیں جوالامکھی کی طرح جاگ پڑی ہیں۔ عدیم الفرصتی کا حیلہ ہاتھ آیا ہے۔ بیویوں پر "مشہور شاعر" ہونے کا رعب جمایا جارہا ہے۔ ناز و نخرے بڑھ گئے ہیں۔ خیر چھٹ بھیئے شعراء کا ذکر چھوڑیئے۔ لیکن ایسے شعراء جنھیں مشاعرے میں مدعو کرنا باعث توہین سمجھا جاتا تھا اور جو بن بلائے مہمانوں کی طرح مشاعرے میں آکر منتظمین مشاعرہ سے اپنا کلام سنانے کے لئے خوشامدیں کرتے تھے بلکہ ہو سکا تو رشوت تک دیتے تھے، آج اپنی مونچھوں پر تاؤ دیتے پھر رہے ہیں۔ گویا کہہ رہے ہوں "کیوں جناب! آج تو ہم نے اپنی شاعری کا لوہا منوا ہی لیا" ایسے موقع پر منتظمین مشاعرہ کو سوائے سر تسلیم خم کرنے کے کوئی اور چارہ نہیں رہتا۔ ہماری آنکھوں نے یہ بھی دیکھا کہ "جشن غالب" کے ایک مشاعرے میں ایک نوزائیدہ شاعر کو مدعو کرنے کے لئے ایک منتظم مشاعرہ نے وہ وہ خوشامدیں کیں جو رات کے وقت بغیر قندیل سیکل پکڑے جانے پر پولیس والے کی بھی نہ کی جاتی ہوں۔ صرف کان پکڑ کر اٹھک بیٹھک کرنا، ناک رگڑنا، اکڑوں بیٹھنا اور پاپوش برداری کرنا باقی رہ گیا تھا۔ لیکن اس پر بھی اُس ظالم کو ذرا رحم نہ آیا۔ بڑی ہی متانت سے اپنا ہاتھ چھڑا کر چلے گئے۔ اگر واقعی ٹھنڈے دل سے غور کریں تو ایک شاعر کی زندگی میں لے دے کر ان ناز نخروں کے سوا رہ ہی کیا گیا ہے۔ وہ کبھی کبھی

ایسا مظاہرہ کرے تو خندہ پیشانی سے برداشت کرلینا ہی چاہیئے۔ ہم سمجھتے ہیں کہ "جشن غالب" اسی سلسلہ کی ایک کڑی ہے اور اس تحریک کے پیچھے کسی شاعر ہی کا ہاتھ ہے۔ اس سلسلہ میں ایک بات یہ بھی کہنی ہے کہ شاعری کی ابتدا کرنے کے لئے "جشن غالب" جیسا سازگار موسم مشاعرہ کی تاریخ میں کبھی آیا ہے اور نہ آئے گا۔

"جشن غالب" کے ساتھ ہی منچلے اور زندہ دل شعراء کی خوب بن آئی ہے۔ چنانچہ جب ایک شاعر عالی مقام کو دعوت نامہ دیا گیا تو انھوں نے منتظم مشاعرہ سے پوچھا "جناب! کیا مشاعرے میں شراب و کباب کا بھی انتظام ہے؟"

اس پر منتظم مشاعرہ جو بہت ہی نڈھال تھے، بوکھلا گئے۔ پھر غصے سے بولے "جواب نہیں آپ کا بھی مذاق کا ایک وقت ہوتا ہے!"

یہ سنتے ہی شاعر محترم برہم ہو گئے۔ بولے "افسوس ہے! آپ کو اتنا بھی نہیں معلوم کہ غالب کا ذکر ہو اور ساغر و شراب موجود نہ ہو؟"

منتظم مشاعرہ کب چپ رہنے والے؟ جل کر بولے "تو گویا اس کا مطلب یہ ہوا کہ "جشن غالب" نہیں بلکہ "جشن مئے" منایا جائے۔ میکدے آباد کئے جائیں خم لنڈھائے جائیں!!"

نہ جانے وہ آگے اور کیا کیا کہتے کہ شاعر محترم نے فوراً ان کے منہ پر ہاتھ رکھ کر منہ بند کیا اور غالب کا یہ شعر تھوڑے سے تصرف (زاہد کے بجائے واعظ) کے ساتھ پڑھا ؎

کیوں رد و قدح کرے ہے واعظ
مئے ہے یہ مگس کی قئے نہیں ہے

شعر سنتے ہی منتظم مشاعرہ مُسکرا کر چُپ ہو گئے۔

ایک اور شاعر نے تو حد ہی کر دی جب انھیں دعوت نامہ دیا گیا تو پوچھا "جناب! کیا مشاعرہ کے بعد رمّی کا بھی انتظام ہے"؟ اس پر منتظم مشاعرہ نے مسکرا کر کہا۔ "حضرت! جوئے کا "جشنِ غالب" سے کیا تعلق؟

شاعر صاحب تپاخ سے بولے "کیوں نہیں! بہت بڑا تعلق ہے۔ کیا آپ واقف نہیں کہ غالب کو شطرنج اور چوسر کی لت تھی اور اس سلسلے میں سزائے قید بھی بھگت چکے تھے"۔

یہ سن کر منتظم مشاعرہ جو کہ زندہ دل واقع ہوئے تھے، بولے "آج کل شعرائے کرام کی تعداد اتنی زیادہ ہے کہ شہر کے پورے کارڈس CARDS بھی کافی نہ ہوں گے۔ جس کے نتیجہ میں شعراء کو جوئے سے مستفید نہ ہونے کی شکایت رہے گی"۔

شاعر نے ترکی بہ ترکی جواب دیا "کم از کم "چت پٹ" ہی کھیلنے کا انتظام کرتے تو مناسب تھا"۔

یہ تجویز سُن کر منتظم مشاعرہ پر سکتہ طاری ہو گیا۔

اب ہم آپ کو کہاں تک بتائیں؟ ایک متشرع قسم کے شاعر نے خط لکھی کہ "جشنِ غالب" آمنی کے مہینے میں منایا جاتا تو ٹھیک تھا۔ مشاعرہ میں کم از کم آم تو کھانے کو مل جاتے اور غالب کی روح کو ثواب بھی پہنچ جاتا۔

یہ تو صرف شعرائے کرام اور منتظمین مشاعرہ کی بات تھی۔ اب آپ غالب فہم حضرات سے ملیئے۔ انھیں صرف اپنے مطلب کے اشعار یاد کرنے اور سمجھنے میں لطف آتا ہے۔ وہ اپنے کرتوتوں پر پردہ ڈالنے کے لئے غالب کو بطور

سپر استعمال کرتے ہیں۔ یقین مانیئے اگر غالب زندہ ہوتے تو ان کی "فہم" دیکھ کر سر پیٹ لیتے اور شاعری ترک کر دیتے۔ ایک ایسے ہی "غالب فہم" نے غالب کو اس قدر سمجھا کہ وہ غالب کے ایک شعر کا مکمل جیتا جاگتا نمونہ بن گئے ہیں۔ وہ اب مئے خانے کی چار دیواری سے بالکل آزاد ہیں اور اکثر و بیشتر سڑک پر کھڑے کھڑے اور بیٹھے بیٹھے شراب سے شغل کرتے ہوئے نظر آتے ہیں۔ ایک دن حالت بے ہوشی میں جب ان کی تلاشی لی گئی تو بوتل پر یہ شعر نظر آیا ؎

"جب میکدہ چھٹا تو پھر اب کیا جگہ کی قید
مسجد ہو مدرسہ ہو کوئی خانقاہ ہو"

اب ہمیں یہ ڈر ہے کہ کہیں وہ اس قدر آزاد نہ ہو جائیں کہ کسی دن بوتل سمیت مسجد یا خانقاہ میں آدھمکیں۔

اسی طرح ایک اور "غالب فہم" پر ایک شعر کا اتنا غلبہ ہوا کہ وہ آخر وقت تک شراب کا ساتھ نبھاتے رہے۔ یہی نہیں بلکہ نزع کے عالم میں بھی دو پیگ چڑھا کر اس دنیا سے سدھارے تاکہ قبر میں منکر نکیر کو دھوکا دے سکیں۔ جب ان کی جامہ تلاشی لی گئی تو یہ شعر ان کی جیب سے برآمد ہوا ؎

"ظاہر ہے کہ گھبرا کے نہ بھاگیں گے نکیرین
ہاں منہ سے مگر بادۂ دوشینہ کی بو آئے"

پتہ نہیں قبر میں مرحوم کے ساتھ کیا معاملہ پیش آیا۔

بعض "غالب فہم" کی شعر فہمی صرف چیدہ چیدہ مصرعوں تک ہی محدود

رہتی ہے۔ وہ شعر کو شیر سمجھ کر قریب نہیں پھٹکتے۔ ان میں موقع دمحل کے لحاظ سے مصرعے پڑھنے کا فقدان رہتا ہے۔ ایک ایسے ہی "غالب فہم" نے اپنی بیوی سے تنگ آکر دوستوں کی محفل میں یہ مصرعہ پڑھا۔ ؏

"چھٹتی نہیں ہے منہ سے یہ کافرلگی ہوئی"

اب آپ ایک ایسے خود ساختہ محقق کا حال سنیئے جنھیں دعویٰ ہے کہ غالب پر اُن سے زیادہ اسٹڈی کسی نے بھی نہیں کی۔ اُن کا نام سُن کر ہمارا بھی جی چاہا کہ شرف نیاز حاصل کریں اور ان کی معلومات سے استفادہ کریں۔ جب ہم ان کے مکان پر پہنچے تو وہ بڑے ہی پروفیسرانہ انداز میں ملے۔ علیک سلیک کے بعد ہم نے غالب کے بارے میں استفسار کیا تو بڑی حقارت سے بولے "غالب، غالب غالب! آخر غالب ہے کیا!؟"

ہم نے دست بستہ عرض کیا۔ "حضور! آپ سے بہتر اور کون جان سکتا ہے؟"

" فرمایا" ہاں، ہاں! ٹھیک ہے۔ سنیئے! غالب کے ماں باپ تھے۔ وہ اپنی ماں کے بطن سے پیدا ہوئے بچپن میں کھیلے کودے۔ جوان ہوتے ہی شادی کی بیوی سے بیزار تھے۔ ہر شاعر کی طرح شعر کہتے تھے۔ اور شراب کے مداح تھے۔ آم انھیں بے حد پسند تھے۔ جب کافی عمر کے ہو گئے تو انتقال فرما گئے۔"

یہ سُن کر ہمارا جی چاہا کہ فوراً اٹھ کر ان کی بلائیں لے لیں۔ لیکن فوراً ہی ہمیں ایک شرارت سوجھی۔ ہم نے کہا۔ "معلومات کی تھوڑی سی بھیک اور دیجئے!"

اس پر اُنھوں نے دماغ پر بہت بار ڈالا۔ ہمیں تو یہ ڈر ہو رہا تھا کہ کہیں ان کے دماغ کی شریانیں نہ پھٹ جائیں۔ اور ہم پر قتل کا الزام نہ آئے۔ قبل اس کے کہ کوئی حادثہ پیش آتا، وہ ایک دم چونک پڑے اور بولے "ہاں! ایک بات آخر یاد آ ہی گئی۔ غالب گالی دینے کے فن سے خوب واقف تھے۔ ایک مرتبہ اُنہوں نے برہم ہو کر کہا تھا کہ لوگوں کو گالیاں تک دینے کا سلیقہ نہیں آتا۔"

جب ہماری جنرل نالج میں ان بے مثال معلومات کا اضافہ ہوا تو ہم نے پھر پوچھا "جناب! یہ عود ہندی کیا ہے؟

تڑ سے بولے "یہ تو ہندی ریڈر کا نام ہے"

ہم نے اپنے قہقہے کو ضبط کرتے ہوئے مزید پوچھا۔ "یہ اُردوئے معلیٰ کیا بلا ہے۔۔۔؟"

یہ سُننا ہی تھا کہ وہ غصے سے لال پیلے ہو گئے۔ بولے "معلیٰ کا تعلق مذہب سے ہے۔ آپ خواہ مخواہ مذہب کو درمیان میں کیوں لا رہے ہیں؟"

چونکہ ہنسی ضبط کرنے کی وجہ سے ہمارا برا حال ہو رہا تھا، فوراً خدا حافظ کہے بغیر باہر آ گئے۔

یہ تو ایک محقق کی بات تھی۔ اب آپ معتقدینِ غالب" سے ملیئے۔ انھیں صرف غالب کے نام سے ایک خاص قسم کا لگاؤ ہے۔ اس تعلق سے ایک دل چسپ واقعہ سُنیئے۔ ہمیں اپنے ایک دوست کی مزاج پُرسی کے لیے "نظامیہ جنرل ہاسپٹل" جانے کا اتفاق ہوا۔ وہاں ایک میاں اور بیوی میں بچہ کا نام رکھنے کے تعلق سے کافی بحث و مباحثہ ہو رہا تھا۔ چوں کہ اتفاق

سے وہ ان کی پہلی اولاد تھی۔ اس لئے نام رکھنے کے معاملے میں طلاق اور خلع کا شدید امکان تھا۔ اس وقت ایک معتقد غالب نے بڑی ہی خوش اسلوبی سے اس سنگین مسئلے کو حل کر دیا۔ اُنھوں نے کہا "چونکہ بچہ جشن غالب کے دنوں میں پیدا ہوا ہے اس لئے غالب نام رکھا جائے تو بہتر ہے!"

اس پر دوسرے "معتقد غالب" نے کہا "غالب" کے ساتھ لفظ "جونیئر" کا اضافہ ضرور کیا جائے تاکہ مستقبل میں "غالب" کی شخصیت ایک نزاعی مسئلہ اختیار کر جانے سے محفوظ رہے"۔

آخر کار اُن کی رائے متفقہ طور پر منظور کر لی گئی اور نومولود کو "جونیر غالب" کے نام سے نوازا گیا۔

ایک اور "معتقد غالب" نے (جو خیر سے ایک جواں سال نو مشق شاعر بھی ہیں) "جشن غالب" کے موقع پر اس واسطے شادی رچائی کہ ان کی شادی ایک تاریخی حیثیت اختیار کرے لیکن ہم کہیں گے کہ اُنھوں نے یہ شادی رچا کر کوئی دانشمندانہ حرکت نہیں کی۔ کیوں کہ جب غالب اپنی بیوی سے نالاں تھے تو پھر ان صاحب کی شادی کب کامیاب ہوگی۔

غالب کے تعلق سے یہ مشہور ہے کہ وہ عالم سرخوشی میں شعر کہتے تھے اور کمر بند میں گرہ لگاتے تھے۔ بہ الفاظ دیگر وہ اشعار کو کمر بند کی گرہوں میں محفوظ کر لیتے تھے۔ صبح میں جب وہ گرہیں کھولا کرتے تو وہی شعر برآمد ہوتے۔ ایک "معتقد غالب" کو جب یہ معلوم ہوا تو محض غالب کی اس ٹکنک پر طبع آزمائی کرنے کے لئے اُنھوں نے شراب نوشی شروع کی۔ ایک وقت وہ عالم سرخوشی میں شعر کہتے ہوئے کمر بند کی طرف متوجہ ہوئے تو

پتہ چلا ہے کہ پتلون پہنے ہوئے ہیں۔ اس پر انھیں ایک ترکیب سوجھی۔ انہوں نے فوراً اپنا پتلون اتار ڈالا اور "انڈر ویر" پر شعر کہنے لگے۔ صبح جب انہوں نے کمر بند کی گرہیں کھولیں تو حیرت میں پڑ گئے کہ گرہوں سے جو شعر بر آمد ہوئے تھے وہ پورے کے پورے فن شاعری کی پابندیوں سے بالکل آزاد تھے۔

اوپر چونکہ نام رکھنے کا ذکر آ ہی گیا ہے اس لیئے یہ بتا دینا بھی ضروری ہے کہ اب غالب مختلف بورڈوں پر جلوہ گر ہوں گے۔ جیسے "غالب بار"، "غالب کلب"، "غالب آم شاپ"، "غالب کتاب گھر"، "غالب لائبریری"، "غالب ہیر کٹنگ سیلون" وغیرہ وغیرہ، معتبر ذرائع سے یہ معلوم ہوا ہے کہ ایک "معتقد غالب" نے "غالب پان شاپ" کھول کر سب پر سبقت لے جانے کا اعزاز پا لیا ہے۔

اور اب تو ہمیں اس صد سالہ جشن غالب" اور جلسوں کو دیکھ کر یہ خوف ہو رہا ہے کہ کہیں ایک اور "غالب شکن" پیدا نہ ہو!!

خوب سے خوب تر کی جستجو صرف حالی ہی کو نہیں تھی بلکہ قدرت نے آدمی کا مزاج ہی ایسا بنایا ہے کہ وہ ایک حال میں کبھی خوش نہیں رہتا ہر لمحہ ایک تبدیلی چاہتا ہے۔ ایسی تبدیلی جو اس کے دل کی کلیوں کو کھلائے اور اس کے لطفِ زندگی کو دوبالا کرتی رہے۔

مسیح انجم شاید موجودہ مزاح نگاروں میں پہلے آدمی ہیں جنھوں نے اپنے مضامین کیلئے مواد زیادہ تر ایسے گوشوں سے حاصل کیا ہے جہاں اوروں کی نظر کم جاتی ہے۔ اور اگر جاتی بھی ہے تو وہ اُن کو قابلِ اعتنا نہیں سمجھتے ان کے کردار زیادہ تر بے زبان اور بے جان چیزیں ہیں لیکن وہ اپنے مشاہدہ، قوتِ تخیل اور ندرتِ بیان کی مدد سے ان میں ایک جان سی ڈال دیتے ہیں۔ اور ایسی فضا تیار کرتے ہیں کہ ہر کردار بے ساختہ بول اُٹھتا ہے۔اور سماج کی "درپردہ" کوتاہیوں، کمزوریوں اور ناہمواریوں کا پردہ چاک کر کے انھیں حکم دیتا ہے "سائیڈ سے چلئے"

مسیح انجم کے دونوں مجموعے "سائیڈ سے چلئے" اور "درپردہ" تقریباً یہی تاثر رکھتے ہیں۔ ان مجموعوں کا ہر مضمون نہ صرف مضمون اور مواد کے اعتبار سے اپنی ایک انفرادیت رکھتا ہے بلکہ پیرایۂ بیان میں لفظ و معنی کی ہم آہنگی بھی ترسیل و ابلاغ کا مقصد اس خوبی سے ادا کرتی ہے کہ انھیں اوروں کی طرح کبھی تمنا نہیں کرنا پڑتی:

شاید کہ اتر جائے ترے دل میں مری بات

مسیح انجم کی ایک اور خصوصیت ان کی شخصی خاکہ نگاری ہے مجتبیٰ حسین کی طرح اُن کو بھی اپنے دوستوں کے دلچسپ خاکے تیار کرنے میں بڑا مزہ آتا ہے۔ ان خاکوں میں وہ اپنے دوستوں کی خوبیوں کو کمزوریاں اور کمزوریوں کو خوبیاں بناکر اس انداز سے پیش کرتے ہیں کہ ہر قاری نظر کے ہر دنقہ پر مسکرا مسکرا کر آگے بڑھتا رہتا ہے، یہاں تک جب وہ خاکہ ختم ہو جاتا ہے تو اس کی لذت تادیر دل کو خوش اور مسرور رکھتی ہے۔

اقتباس:
"آج کے مزاح نگار"
ماہنامہ "شاعر" (بمبئی)